汤姆·斯威夫特和电子水肺

【英】维克多·阿普尔顿Ⅱ 文
燕锐锋 等图
刘庆双 等译

江西·南昌
江西科学技术出版社

图书在版编目（CIP）数据

汤姆·斯威夫特和电子水肺/(英)维克多·阿普尔顿Ⅱ文；燕锐锋等图；刘庆双等译. -- 南昌：江西科学技术出版社，2018.3（2024.1重印）
（汤姆·斯威夫特丛书）
ISBN 978-7-5390-5879-5

Ⅰ.①汤… Ⅱ.①维…②燕…③刘… Ⅲ.①儿童故事－英国－现代 Ⅳ.①I561.85

中国版本图书馆CIP数据核字(2017)第046741号

国际互联网(Internet)地址：http://www.jxkjcbs.com
选题序号：KX2016059
责任编辑：杨 奕
特约编辑：熊 玮

汤姆·斯威夫特和电子水肺
TANGMU SIWEIFUTE HE DIANZI SHUIFEI

〔英〕维克多·阿普尔顿Ⅱ 文；
燕锐锋 等图；刘庆双 等译

出版发行	江西科学技术出版社
社址	南昌市蓼洲街2号附1号 邮编：330009 电话：(0791)86623491 86639342（传真）
印刷	三河市嵩川印刷有限公司
经销	各地新华书店
开本	700mm×1000mm 1/16
字数	114千字
印张	11
版次	2018年3月第1版 2024年1月第2次印刷
书号	ISBN 978-7-5390-5879-5
定价	39.00元

赣版权登字-03-2017-54
版权所有 翻印必究
（赣科版图书凡属印装错误，可向承印厂调换）

前言 QIANYAN

　　人总是离不开阅读，特别是在现代化信息时代，阅读无疑更是我们难求的一片宁静港湾，让我们有机会去感受、去体悟、去反思、去认证我们的这个世界和未来的世界。

　　科幻小说是一种起源于近代西方的文学体裁，在尊重科学结论的基础上进行合理设想后形成的文学作品，具备"逻辑自洽""科学元素""人文思考"三个要素。科幻小说与一般的传统小说不同，其特殊性在于它与科学技术的发展有着直接的联系，能让读者间接了解到科学原理。但它又是一种文艺创作，它扎根于社会现实，反映社会现实中的矛盾和问题，在科学技术发展的方向上，提供若干有参考价值的预见。有时，某些科学发明尚未出现，科幻小说里则已经进行生动的描绘，如潜水艇、机器人和宇宙航行等。

　　著名文学评论家布哈伊·哈桑曾说，科幻小说可能在哲学上是天真的，在道德上是简单的，在美学上是有些主观的，或粗糙的，但就它最好的方面而言，它似乎触及了人类集体梦想的神经中枢，解放出我们人类这具机器中深藏的某些幻想。

阅读科幻小说至少让我们有如下的感受：

一、文学的轻松愉悦

科幻小说的主题非常明显，它会涉及"未来"和"未知"、"科学"和"规律"、"生命"和"文明"、"生存"和"冒险"等等，每一本科幻小说都是一个全新的世界，每一次阅读都是一段全新、充满惊喜的精神旅程。

二、科学与严谨的想象

爱因斯坦说过，想象力比知识更重要，因为知识是有限的，而想象力概括着世界上的一切，推动着进步，并且是知识进化的源泉。通过阅读科幻小说，感悟其中的想象力，在人文、哲理的思索上，在思想道德意识的增强上所起到的作用是潜移默化的、是发散性的，其威力是不可估量的。

三、引发科学与理性的思考

科幻小说中的"科学方法"是一种有系统地寻求知识的程序，涉及"问题的认知与表述""观察与实验搜集证据""假说的构成与测试"。简单地说就是一个科学理论要经过观察、解释、预测、确认、评估、发表的程序，才能从一个假设发展成原理。科幻小说的"理性思考"就是遵从客观规律、进行逻辑分析的思考方式。

《汤姆·斯威夫特》系列曾是国外流行的科普小说，书中很多的科幻内容今天都已经变成了现实，它曾影响了几代读者，它伴随了很多人的成长。现以中文出版此书，相信书中的情节与科学，也会给中国读者带来同样的快乐体验。

目录 MULU

第一章　海盗导弹……………………………………… 001

第二章　海底探测……………………………………… 009

第三章　隐形潜水艇…………………………………… 020

第四章　空　袭………………………………………… 027

第五章　预感成真……………………………………… 036

第六章　弹药箱线索…………………………………… 042

第七章　与海豚嬉戏…………………………………… 050

第八章　约会风波……………………………………… 058

第九章　磁铁绑架……………………………………… 067

第十章　电话编码……………………………………… 076

第十一章　广场舞会的骗局…………………………… 086

第十二章　侦查测试…………………………………… 095

第十三章　敌人派来的蛙人…………………………… 104

第十四章　宣传闪电战……………………114

第十五章　山中徒步………………………124

第十六章　意外遭遇持枪人………………132

第十七章　消失不见的腕表………………140

第十八章　海豚"笑脸"……………………150

第十九章　深海光亮………………………159

第二十章　幸运的爆炸……………………165

第一章　海盗导弹

紧张、激动的氛围充斥着整个南大西洋舰艇与飞机特遣队,所有人都凝视着太空,其他人则在复活号的控制室里焦急不安地等待着,而这些人中最不安的莫过于汤姆·斯威夫特了。

"我们的木星探测导弹目前距离地球有多远?"巴德·巴克利激动地问汤姆。

站在巴德旁边的这位金发年轻人迅速地看了下追踪设备的刻度盘,回答:"巴德,导弹距离这里还有13000千米,应该15分钟后在这里着陆!"这个年轻人身材高瘦,身穿T恤和宽松长裤。

汤姆、汤姆的爸爸和巴德,还有一群科学家、海军军官和新闻记者们都聚集在A国海军的导弹发射舰上。

"想想看!"巴德欣喜若狂地说,"你马上就会得到来自木星的数据资料了,这可是史无前例的呢!"

"如果导弹能够安全地着陆的话。"斯威夫特先生意味深长地说。这位老科学家的话不是很大声，却使原已不安的等待变得愈加紧张起来。汤姆看起来比他爸爸要高些、瘦些，但是斯威夫特父子二人长得还是很像，他们都有着一双深邃的蓝眼睛和一张轮廓分明的脸。

"我同意你的说法，爸爸。如果我们不能顺利回收导弹，那我们这个项目就是一次彻底的失败。"汤姆说道。

听了汤姆的话之后，船上所有哨兵和船员都涌入到复活号的控制室内，所有人心里都躁动起来。紧张感从早上就开始弥漫在整个特遣队的舰艇和侦察机中，似乎每个人都在等待这个环绕星球的导弹平安归来。

"彻底的失败是什么意思？即便是导弹回收操作失败了，这次发射行动还是会给我们带来有价值的信息啊！不是吗？"巴德反驳道。

汤姆决绝地摇了摇头，说道："这次环木星无人探测飞行的目的是获取和记录所有信息数据，但至今，我们却没有得到任何信息。"

"怎么会这样呢？"巴德问道。

"如果我们的无线电装置接收信号的功能强大，那么同时它也会削减船上信息聚集设备能收集的信息量。我们必须要考虑周全。"汤姆解释。

汤姆看似平静，其实内心激动不已。别看他与好朋友巴

德·巴克利同样是18岁，但是强壮、黑发的巴德只是一名副驾驶，汤姆却已经是A国政府木星探测工程返回阶段的负责人了。斯威夫特父子二人与火箭研究人员已经为A国政府研制出了导弹和太空探测器。

"呦！"巴德紧张地说，"兄弟，我明白你的意思。我们现在是破釜沉舟，当然承担不起这次木星探测行动失败的后果。"

海军上将沃尔特两鬓斑白，是位高个子、很庄严的老人。他笑了笑，说道："巴德，这就是我们所说的在战争中的预期风险，但是有汤姆在，我们就什么也不用担心了。"

听了海军上将的一番话，斯威夫特先生的眼中闪现出身为父亲的自豪感。小汤姆开拓性的火箭航行和相关发明使他年纪轻轻便在A国太空研究领域声名卓著。

巴德又接着说道："先生，我想您说得对，我任何时候都会支持我的天才好朋友汤姆的！"

巴德由衷地拍了拍汤姆的肩膀，拍得太用力，汤姆往后退了一下。年轻的发明家说道："还是收回你的称赞，为我祈祷吧，飞人，火箭到现在还没回来呢。"

随着导弹与地球之间的距离越来越近，陆地上的人员和特遣队人员都在用电波望远镜不断地跟踪监测导弹的进程。这样，接收到的信息就在船上的计算机屏幕上一览无余了。

过了一会儿，沃尔特上将询问道："汤姆，什么时候给反推进火箭点火？"

"大约10秒钟之后，先生。"汤姆边回答边扫了一眼快速转动的秒针。

又过了一会儿，主控制板上的红灯亮了起来，汤姆按了一下按钮。在遥远的太空，导弹头内的反推进火箭引起短暂点火，使导弹减缓速度。如果没有反推进火箭，那么导弹将会在大气中受阻而最终被烧毁。

"找到它了！"一个雷达员大声地喊道。

巴德兴奋地大叫了一声，其他人也都聚集到雷达显示器周围。汤姆深邃的目光还在监测雷达屏幕显示出的物体光点。紧接着他开启自动绘图仪的开关，准备登陆计划，这时可以看到导弹正逐渐运行到正常的轨道上。船内雷达对航向进行追踪记录，大家开始不断得到导弹的最新信息，而接收到的数据信息会汇集在采集数据的计算机上，有助于分析导弹返回的正确飞行路线，同时也将利用吸引力使导弹安全顺利地从木星返回地球。

汤姆马上确认了计算机上的信息，继续操作反推进火箭。

"机长，进展还顺利吗？"巴德问。

汤姆点了点头说："我已经重新调整了反推进火箭，它们将会在适当的时间给反推进火箭点火，减慢导弹速度，使导弹

按正确的航线顺利返回。"

在导弹的返程操作间,船舱内人们的兴奋之情也随着时钟的嘀嗒声渐渐平复了下来。

"做好发射准备!"汤姆下达了命令。

船员用对讲机传达了汤姆的命令。此时汤姆紧盯着秒针的转动,紧张、安静的气氛也散发开来。

"随时准备发射!"进来的报告员说道。

汤姆按下了发射按钮,立刻传来一声震耳欲聋的巨响,导弹从舱板上发射到太空。导弹的发射使得船体剧烈地晃动,但随着回转仪的震动逐渐减弱,船开始稳定下来。

"哇!"巴德如释重负地松了一口气。随后他跑出船舱爬上了离他最近的一个梯子快速地看了眼消失在天际的火箭。

汤姆在雷达显示器前专心致志地观察导弹的动态。

"儿子,干得漂亮!"斯威夫特先生小声地说道。

汤姆的爸爸欣慰地抓住了儿子的手臂,汤姆的脸上露出一丝笑容。这时候,年轻的发明家才意识到自己已经汗如雨注,心跳加速了。

"现在我们要做的事情就是等待与期待。"汤姆低声说道。

特遣队的每个成员的目光都锁定在雷达显示屏上,能看见两个物体光点,一个是木星探测导弹,另一个则是回收导弹。待它们运转到航线上时,将会相交。

就在巴德返回船舱之际，几个哨兵突然惊恐地大叫起来。

"九点钟方向出现不明物体！那是什么？"沃尔特上将惊呼道。

汤姆紧盯着那个不明物体光点，只见它正朝着前面两枚导弹的交接点平稳地移动！

"不好，是海盗导弹！有敌人试图盗取我们的探测数据。"汤姆大声喊道。

"不会吧！"巴德大叫道，"是谁这么大胆？"

"我不知道，我只知道如果这三枚导弹相遇，那么我们整个计划将会以失败而告终！"汤姆紧张地小声说道。

"现在最好先记录下采集到的所有信息。"斯威夫特先生建议说。

"说得没错，爸爸！"汤姆回道。

能看出沃尔特上将原本棕褐色的脸已变得有些苍白。在一片沉寂中，海军军官和科学家们都在看着汤姆手上正操作着的两个操纵装置。

"这两个装置是干什么用的？"巴德问。

汤姆解释道："这两个装置一个是用来加速回收导弹的，但由于敌人的导弹正瞄准目标，希望渺茫。另一个是使船上所有仪表都能用磁带永久记录下采集到的所有信息。"

汤姆继续说："一旦发生碰撞，我们的探测导弹将坠入海

第一章 海盗导弹

里,那么只有一种办法回收,就是准确定位导弹坠落的地理位置,赶在敌人之前找到它。"

"了解!"巴德赞同地说。

显然汤姆很担心坠毁的导弹会被敌人先找到,不明导弹在回收导弹加速时转变了方向。几秒钟之后,屏幕上的三个光点相聚到一起并最终汇集成一个光点。

"探测导弹已经失去控制了!"一个遥测科学家大声喊道。

此时的沃尔特上将表情严肃,满脸疑惑地问汤姆:"我们的回收计划已经失败了,对吗?"

"恐怕是这样的,先生。"汤姆回道。

雷达天线追踪到汇集的光点仍然在屏幕上,表明光点正在垂直坠落。

汤姆绝望地呆了好一会儿,但是他最终还是下定决心,转向了海军上将。

汤姆说:"先生,我需要几架能马上起飞的直升机,这样一旦追踪仪与我们失去联系,我们也能记录下特遣队在船上收集到的信息,并把信息带回复活号上。"

沃尔特上将赞成地点了点头问道:"很好,还要做什么?"

"我现在马上开始工作,先设计一个计算机程序来处理采集到的信息。"汤姆回答道。

这些从船上仪表磁带中获取的数据组成了上百万的信息位,这些数据将在电子计算机中显示,然后计算机就会大致计算出坠毁导弹所在地的经纬度。

就在海军上将发号施令的时候，汤姆和爸爸担忧地对视了一下，思考着同一个问题。

汤姆能顺利找到坠毁的木星探测导弹吗？还是敌人会在他们之前找到导弹呢？

微信扫码
☑ 科普视频
☑ 趣味动画
☑ 脑力测试
☑ 交流园地

第二章 海底探测

经过一番努力之后,汤姆终于摆脱了失败带来的挫败感,开始专心工作。一个小时后,他大致设计出了计算机程序。

斯威夫特先生和几位科学家们对程序检查之后,都点头对汤姆表示赞同。此时,融合的光点已经在雷达显示器上消失了很长一段时间,这也意味着木星探测导弹或者说是消失的导弹已经沉入海底。

"汤姆,那我们接下来应该怎么做?"沃尔特上将问道。

"我认为没有必要浪费时间等待电脑的定位结果,所以我决定与巴德飞回斯威夫特企业集团,制订一个搜寻计划。"汤姆回答道。

"好主意。"沃尔特上将伸出手,他饱经风霜的脸也变得温和起来,"孩子,打起精神,你在这次事件上的表现足以证明你就是一名出色的海军。要不是那个该死的海盗导弹出现,我们早就成功了!"

"先生,谢谢您能这么说。"尽管汤姆很沮丧,他还是感激地笑了笑说道。

几分钟后，汤姆与巴德上了一艘汽艇，汽艇把他们带到了一艘停在附近的大型载机舰船上，那上面停着一架海军喷气式飞机，可以把他们俩带回肖普顿。

在这期间，斯威夫特先生则留在复活号上继续监测数据。汤姆在飞机上往后看，能看到其中一架直升机正在传送导弹的第一批数据资料。

汤姆所乘的海军喷气式飞机到达企业集团机场时已经是下午了。斯威夫特大型试验站设在肖普顿镇附近，占地10平方千米，内设着陆跑道、工厂和实验室。这里也就是斯威夫特父子进行他们发明创造的地方。

汤姆和巴德在飞机库内上了一辆吉普车，径直开往行政办公大楼。汤姆和爸爸在办公楼里共用一间双人办公室。进入办公室，巴德一下子就坐在了一个有着厚厚软皮垫的椅子上，汤姆则调整百叶窗让阳光照进屋子里。

宽敞的办公室内有两张一样的现代办公桌、会议桌和绘图板。按一下墙槽上的按钮，绘图板就能打开，后面则是斯威夫特私人电视网的显示屏和控制板。办公室内，汤姆和爸爸的大型立体地球仪和火星模型随处可见。

"机长，关于此次搜寻你有什么打算吗？"巴德问。

汤姆用手抓了抓头发说道："让我想想，我认为我们最好乘蓝天女王进行搜寻，还有就是……"

第二章 海底探测

|011|

对讲机的响声打断了汤姆的话。对讲机的另一方是特伦特小姐,她是斯威夫特父子二人的秘书。

"汤姆,你爸爸来电。"特伦特说道。

汤姆轻轻地按了下开关,接通了他的私人电话问:"爸爸,我们刚到,你那边有什么消息吗?"

"有消息,儿子,电脑已经定位到了导弹的位置了,你能拿笔记一下吗?"斯威夫特先生回答道。

汤姆按照爸爸的描述把经纬度记了下来。

斯威夫特先生继续说道:"根据最新的水文地图以及国际地球物理年的调查结果显示,这个区域处于大西洋中脊的高原地带,靠近圣保罗礁。"

"有多深?"汤姆问。

老科学家回答道:"平均深度介于30米到90米之间。"

汤姆说:"算是一个不错的深度,是吧?"

"可能是,也可能不是。"斯威夫特先生谨慎地说道,"因为水底有很厚的泥沙。"

"这样啊!看来我们得先把泥沙挖走。"汤姆皱着眉头说道。

"估计得这样做,但我们还是先不要杞人忧天了。"短暂的讨论过后,老科学家又说道,"儿子,估计明天我也会回家,你先帮我问候你妈妈和桑迪。"

"好的,爸爸,再见!"汤姆挂断了电话并把消息告诉了巴德。

"那我们用什么水下装置呢?"巴德询问道。

"我现在还不能确定。"汤姆说道,"估计我们得带上各种设备,到时候好随机应变。"

执行搜寻计划之前,汤姆往家里打了个电话,告诉了妈妈他已经回来了。斯威夫特夫人听到回收探测导弹的任务失败,也感到很难过。

"我相信你一定能找到导弹的。"她鼓励汤姆说。

"得吃点妈妈做的饭菜,才能更有希望。"汤姆笑着说道。过了一会儿,汤姆放下电话后,他对巴德说:"兄弟,今晚跟我们一起吃晚饭吧!有炸鸡,还有一些小点心。"

巴德舔了舔嘴唇说:"麻烦带路!"

汤姆笑着开始整理探测行动所需的物品清单。在他打电话给费林岛的地下飞机库和斯威夫特火箭基地下达次日行动命令之后,巴德也开始帮忙准备清单上的物品,机组人员也都为此次行动尽了自己的一份力。

汤姆和巴德开着汤姆的低车身跑车回家时,已经六点钟了。汤姆家在肖普顿的郊区,房子又大又舒适。两人到家时,汤姆的妹妹桑迪已经在门口迎接他们了。桑迪金发碧眼,性格活泼开朗。

"时间刚刚好!"她打趣道,"我们还以为你们两个在哪起飞了呢！"

"想想看，我怎么可能没见到你、没吃到炸鸡就离开肖普顿呢？"巴德笑道。

"得了吧！我知道炸鸡才是你真正感兴趣的。"桑迪说道，蓝色的眼睛闪着光。

"你刚才说的'你们'还有谁？"汤姆询问道。

"汤姆，很抱歉告诉你，菲利斯不能来了。"桑迪惋惜地说。

看着汤姆失望的表情，桑迪忍不住笑出声来。一会儿，菲利斯·牛顿便从厨房里走了出来。菲利斯同桑迪一样都是十七岁，她长着棕色的眼睛，一头黑发。菲利斯是汤姆爸爸老战友兼终身挚友——奈德·牛顿叔叔的女儿。

"汤姆，你以为我今晚不会来了，是不是？"菲利斯笑着说道，"毕竟能同时见到你们两个人还是很难得的。"

由于汤姆与巴德总是很忙，所以桑迪和菲利斯喜欢在他们少有的相聚时间里开开玩笑。

身材苗条、面色和蔼的斯威夫特夫人拥抱了汤姆，也热情地欢迎了巴德。美好的晚餐过后，他们开始讨论起那枚神秘的海盗导弹。

"到底是谁发射的那枚导弹？"桑迪问道。

汤姆耸了耸肩，说道："现在还不知道，因为有很多跟我们不友好的国家可能都想要获取有关木星探测导弹的数据

信息。"

"应该不会再遇到什么麻烦了吧?"菲利斯担心地问道。

为了不让妈妈和两个女孩儿担心,汤姆把这个问题一带而过。他心里也不确定,这次寻找探测导弹又会有多少困难等着他。

自从汤姆开始飞行实验室的初次冒险后,这位年轻的科学家便遭遇了各种各样的危险。每次,汤姆都要与那些想要盗取斯威夫特家科学成果的间谍和邪恶策划者作斗争。

汤姆的研究项目带他飞到太空、潜入海底,在他研制的原子能地球挖掘机的帮助下,汤姆实现了南极地壳下的探测,他也曾在丛林探险时遇到危险。汤姆目前最新的一项成果就是研制出了一个机器人,其目的是迎接来自X星球拥有特殊脑能量的客人。现在,汤姆知道自己又将置身于一个险境之中。

第二天清晨,停在地下飞机库的巨型飞船蓝天女王在牵引机拉动下,从指定跑道出发。这艘巨型原子能动力飞船是汤姆的第一项伟大发明。这是一艘三层甲板飞船,船上备有在地球上任何角落都可以进行研究的实验设施,船身中部的推举器确保飞船垂直起飞,安全行驶。

就在汤姆检查设备的装载工作时,忽然一个尖锐的声音响起:"早上好啊!小牛仔!"

只见身材矮胖的乔·温克勒走了过来,他以前是一个流动炊事车的厨师,现在成了汤姆探险队里的主厨。与往常一样,乔在他光秃的头上戴了顶宽边牛仔帽,脚上穿了一双高跟靴子。

"哇!这件衬衫简直太棒了!"汤姆高兴地说道。

"很时尚吧。"乔迫不及待地给汤姆展示了他的西部新品,这件衬衫看起来像是由银色的鱼鳞制成的,在阳光下闪闪发光。

"我觉得这次海底之行需要这样一件衬衫。"乔笑着说道,"头儿,我们什么时候出发?"

汤姆回答道:"等装好剩余设备之后就出发。"

二十分钟后,蓝天女王呼啸着飞向大海,很快便到达离海岸仅几千米的费林岛火箭基地。以前这个地方到处是贫瘠的沙丘,长满了矮树丛,但是现在却成了斯威夫特家的秘密实验室,由无人机和雷达共同防御。实验室是汤姆太空站的供应基地,同时也是所有太空飞行的发射点,海洋直升机与喷气式军舰也都停靠在这里。

汤姆通过无线电叫来一艘豪华却长相奇怪的飞船。

这就是海洋猎犬,汤姆最新大型潜水直升机。海洋猎犬装有由原子涡轮机驱动的中央旋翼,并且有可逆转螺旋叶片,用于空气提升或海底潜水,而超热蒸汽喷口则为其提供前进的推力。

正当海洋猎犬快速行驶在飞行实验室旁边时,从海洋直升机机舱内出来的两个人走向了汤姆和巴德。他们中的一个是金发碧眼，长着方下巴的汉克·斯特林，他是企业集团的首席模型设计师；另一个则是高大威武有才华的匠师亚弗·汉森，就是他把汤姆的发明图纸制作成了实物模型。

"一切准备就绪，请指示。"汉克通过无线电说道。

"收到！"汤姆回答道。

午饭过后，他们以超音速的行驶速度很快到达了南大西洋的导弹失踪区域。这时，由沃尔特上将指派加入此次导弹搜寻任务的海军特遣船队也已经到达附近。海洋猎犬停靠在海面上，蓝天女王则继续在附近低空飞行。

汤姆联系了政府的船队，了解到至今仍未有任何关于木星探测导弹的信息，于是他决定开始自行搜寻。

"我们先试一下胖人装备。"汤姆对巴德说。接着，汤姆又转身对驾驶员斯利姆·戴维斯说道："斯利姆，你过来接手驾驶吧？"

"是！"斯利姆说着换到了飞行员位置上。

"机长，我能做点什么？"斯威夫特企业集团的年轻医生辛普森问道。

"如果你想帮忙就去帮他们安装水下升降机，然后再装配一间可牵引的空气室。"汤姆建议说。

"保证完成任务。"医生说道。

这时梯子已经放下，汤姆和巴德二人带着紧张又激动的心情顺着梯子进入海洋猎犬，搜寻失踪导弹的任务正式开始了。

两个人一上船,海洋直升机便马上潜入水中直至海底。汤姆与巴德穿上了胖人装备之后,通过封闭舱从船内出去。装备的形状如同巨型的钢蛋,有机械臂和机械腿,还有着一个餐盘大小的石英玻璃窗,以便操作者进入。

两个人艰难地行动起来,装备的内置探照灯照亮黑暗,但他们除了看见海底阻碍前行的大量泥沙外,什么也看不清。

"这样下去太慢了,我们试一下空气室。"汤姆通过声呐电话说道。

空气室是一个巨大的水下气泡,气泡是靠反推进装置把海水推开而形成的。汤姆利用氧气在水中的可溶解性发明了渗透性空调,使气泡里面的空气保持纯净。

虽然气泡能利用喷气推进,但还是不足以支撑整个搜寻工作,履带轮底不断陷入泥沙之中,停滞不前。

"也许海洋直升机本身才是最好的方法。"巴德建议道。

"值得一试。"汤姆焦急地说。

但是现在海洋猎犬也遇到了困难。即使它有强大的定向搜索能力,能在海底不断搜寻,但探测者的视线还是会受到限制。

最后汤姆说道:"巴德,这个深度能不穿潜水服进行水底搜寻吗?"

"我们试试吧!"巴德说道。

海洋直升机再次浮出水面后,两个人穿上脚蹼,戴上面罩

第二章 海底探测

和水肺，然后从一侧跳入水中，一边缓慢地向着灰绿色的海底潜入，一边使自己适应不断剧增的压力。

"要是我们不用通过信号进行交流就好了，那样的话，行动就会更自在。"汤姆心想。

这时，汤姆感觉到右侧传来嗖的一声。不好，是射弹！汤姆转过身，看到很多泡泡向上涌起，他恐慌地睁大了眼睛。

巴德的氧气罐被击中了！

第三章　隐形潜水艇

汤姆马上奋力游向被击中的朋友，巴德正在拼命挣扎，他似乎对突然的袭击感到措手不及。

"也许巴德是被射弹给吓到了。"汤姆猜想道。

汤姆游向巴德，但巴德开始摸索着向上游。汤姆尽力去抓住巴德，直到钩住了巴德的腰带。年轻的发明家用力地呼吸了几下之后，摘掉了巴德失效的呼吸管，把自己的呼吸管放到巴德嘴里。

看到汤姆这样做，巴德的眼里流露出感激的目光。

"我们必须赶快上去，就算可能会患上减压病也没办法。"汤姆心想。

汤姆用力向下划水，两人共同朝着水面游去。在汤姆的帮助下，巴德吸了一口气，恢复了点力气。

他们一点点地向上移动，但速度越来越慢。汤姆必须确保气泡连续不断地从嘴里出来。因为越来越接近水面，压力不断减小，汤姆肺部的空气越来越多，这使得他必须呼气。

第三章 隐形潜水艇

汤姆惊惶地看到已经有点失去意识的巴德，他虚弱的身体已经开始抽筋不听使唤了。"巴德的氧气罐被击中的时候，他一定是失压过快。"汤姆意识到。

水开始变得越来越绿，光线也越来越强烈，他们离水面越来越近，海面上海洋猎犬的影子隐约可见。汤姆用尽他最后的一点力气向上一冲，终于破水而出。

"救——救——救命啊！"汤姆大喊道。

其实即使汤姆不求救，也会有人来救他们的，汉克和其他船员在船前面的甲板上已经知道了他们的情况。大家把两个人拉上了船。

此时，两人都痛苦地颤抖和蠕动着，几乎失去了意识。

"他们患上了潜水病！赶快通知蓝天女王放一条吊索下来。"亚弗·汉森紧张地大声说道。

两人的面罩取下来后又过了一会儿，巴德已经由吊索安全地送回飞机里面，紧接着汤姆也回到飞机内，辛普森医生立即接手两个病人。快速检查过后，他把两个人安置在蓝天女王医务室的降压室里。

"他们怎么样了？"汉克焦急地问道。透过窗户可以看见里面，医生已经给巴德注射了镇静剂，他睡着了，汤姆还清醒着。

"除了痛以外，情况还不算很坏。"辛普森医生回答说。

医生的检查结果表明汤姆的情况不是很严重，但是巴德必须待在床上养病。汤姆只需要减压，很快就可以下床走动了。

这时，乔戴着厨师帽，大大的肚子上系了条围裙，焦急地从船上的厨房大步赶来。"可怜的孩子们！"他担忧地说，"都是我的错，我真不该让你们在我没看着时下水！"

汤姆拍了拍乔的后背说道："如果你也想潜水，我们可以一起。"

"你还要下去潜水？"乔问道。

汤姆回答道："这回是在船上，如果可能的话，我要查出是谁向我们发射射弹。"

这时，乔摘下围裙道："找到之后告诉我一声，我一定掐死这些卑鄙的臭鼬！"

斯利姆·戴维斯马上就要驾驶蓝天女王回到肖普顿，而汤姆和乔则将与汉克和他的船员们共同乘坐海洋猎犬返回。

十分钟过后，这架豪华的海洋直升机为避免被发现而关闭了探照灯，他们趁眼睛还能看清楚东西，把船径直开入了水中。

"我想敌人的潜水艇现在一定在寻找我们的木星探测导弹吧？"汉克问道。

"他们一直都在寻找。"汤姆推测说。

汉克皱着眉头说道："你的意思是说他们找到导弹位置的速度会赶上我们吗？"

"他们还会用一些卑鄙的手段阻止我们找到导弹。"亚弗

第三章 隐形潜水艇

提醒道。

就在海洋猎犬停靠在水下高原的一瞬间，船舱里的人都感觉到了轻微的碰撞。汤姆放松了控制装置，保持旋翼转动来使船停留在水下。同时，声呐操纵员也在检测周围的水域。

"有什么动静吗？"汤姆问道。

"目前为止没有任何发现。"声呐操纵员摇了摇头说道，但是眼睛却还继续盯着声呐望远镜。

汉克·斯特林戴上了水中听音器的耳机专心地听，海洋猎犬整个船舱都安静了下来，突然，汉克的身体僵住了，只听到声呐操纵员大喊道："机长，两点钟方向发现物体光点！"

光点在这个范围内快速地移动，有东西在向他们船的右舷直冲过来！

"天啊！居然还有其他的导弹！"汤姆紧张地说道。

汤姆立即回到控制位上，及时调转喷气发动机的方向，导弹在他们的船头擦过。

"干得漂亮！"乔小声地喘息说道，只见他黝黑而又坚韧的脸也变得苍白起来。

"我还是不明白。"亚弗·汉森说道，"如果他们在射程范围内，我们就应该能探测到了，对吧？"

汤姆微笑地点了点头说："无论敌人是谁，他们肯定都会制订出一套完美的计划，以求在水底探测时不被发现。"

"我们也必须做到这一点！"汤姆在心里暗自发誓。接着他大声说道："我讨厌总得躲着那些小人，我们要是一直在这，就是等着被找到。"

汤姆逐渐减慢旋翼的速度使船上升，把海洋猎犬重新开回到水面。然后他把叶距调整至飞行模式，加大原子涡轮机的油门，只见海洋直升机急剧地从波涛汹涌的南大西洋升到空中。

汤姆用无线电向特遣队的指挥官简要地汇报了一下情况，也得知那边没有发现任何海军战舰，也没有捕捉到有关可疑潜水艇的信息。

在他们急速返航的路上，乔还在恼怒地说："我们怎么不弄一个假潜水艇把那些可恶的人吓跑呢？"

"我一定把你的想法报告给海军指挥员。"汤姆笑着说道。

大家回到费林岛时已经是晚上了。汤姆和塔台确认状况并安全着陆，然后上了一辆吉普车到达大本营总部。汤姆打电话给企业集团得知巴德的情况有所好转，斯威夫特先生也在当天下午回来了。汤姆把神秘潜水艇的事告诉了斯威夫特先生。

得知敌方攻击汤姆的事后，斯威夫特先生说道："儿子，这真是个坏消息，你最好马上通知沃尔特上将。他必须得回W城一趟。"

"我现在就打电话。"汤姆答应道。

第三章　隐形潜水艇

汤姆成功与海军上将通电话，对方也是同样地焦虑不安。他对汤姆说道："无论花多大代价，我们都要尽快找到那枚导弹。汤姆，你跟你爸爸在海底搜寻工作方面都很有经验，你现在能派些人手过来帮我们搜寻吗？"

"当然没问题，先生。我明天一早就立刻派人过去协助你们。"汤姆回答道。

汤姆挂了电话之后，与乔乘坐特种鸽子一同回到基地。特种鸽子是一架小型豪华商务机，它是由斯威夫特工程公司制造的，现由奈德·牛顿负责掌管。

第二天一早，汤姆就和爸爸开车去了企业集团。刚到集团，汤姆马上组织工程队船员支援导弹的搜寻工作。阿特·威尔特萨是一名出色的水下专家，也是一名优秀的技师，他负责此次搜寻的援助工作。

中午，援助小组已经乘斯威夫特货机前往南大西洋。他们带了便携型的原子能地球挖掘机，这也是汤姆的发明。同时一艘喷气式潜艇与一架海上潜水直升机也从费林岛出发，前去援助搜寻。

"这将会是一场危险的持久战。"斯威夫特先生和汤姆在办公室吃午饭的时候说道。

"没错，在海底的淤泥里搜寻就如同在流沙里工作一样。"

斯威夫特先生深邃的蓝眼睛里闪现出一丝光芒，说道：

"说到泥沙,我想我已经为我的秘密深海养殖场找到理想的场所了。"

"你指的是用来种植制作托马塞特所需植物的地方吗?"汤姆问道。

老科学家点了点头。托马塞特是斯威夫特先生研发出的一种创新性塑料,这种塑料对于高温与辐射具有良好的绝缘性,但是制作这种塑料的秘密材料是远东水域的一种特殊植物,而且这种植物只有那才有,所以斯威夫特先生想把这种植物移植到当地来。

"地点应该选在费林岛附近,在水下约15米深。"斯威夫特先生补充说道。

"爸爸,看来你得在找园丁上费些功夫了,因为人不可能一次在水下工作太长时间。"汤姆指出。

"这倒是个问题。"斯威夫特先生承认。斯威夫特先生喝完咖啡之后,眼神闪烁着对汤姆说:"汤姆,你帮我想个解决办法吧!"

"一种新型水肺怎么样?"汤姆回。

第四章 空袭

"没错,儿子,现在我所需要的就是一种新型呼吸装置,一种不需要笨重的氧气罐并且使人能长时间徒手在水底潜水的装置。"斯威夫特先生继续说道。

"听起来想法不错,爸爸。"汤姆答道。

汤姆拿起一支铅笔,便开始勾画。他利用胖人装备和原子空气调节器,已经想出从海水中获取氧气的最佳方法。

"对于徒手潜水员来说,一个小型装置会起到电子微型化的作用。"汤姆停顿了一下又接着说,"而这也能加速木星探测的回收工作。"

吃完午饭后,汤姆骑上了一辆喷气式摩托车,飞速来到了私人实验室。实验室是由汤姆亲自设计的,不仅有现代气息的玻璃幕墙,还拥有所有现代科学研究所需的器材——从电子显微镜到氦低温槽,实验室内应有尽有。

与往常一样,只要汤姆被新想法所吸引,不管是什么时候,他都会马上投入到工作中去,他心想:"看看现在我都需要做点什么。一个能挂在潜水员脖子上的小集装箱？不，这样太危险了，最好是能钩在潜水员的加重带上，再在面罩上加一根呼吸管。"

汤姆用泡沫塑料电路试验板开始尝试各种电路设计。他从当天下午开始工作，直到第二天早上还在研究这个问题。

阿特·威尔特萨的信息打断了汤姆，他报告说导弹搜寻工作目前还没有进展。过了一会儿，汤姆就要吃午饭时，又接到了另一个电话，这次是来自沃尔特上将，他说："汤姆，我就是想告诉你，我们的特遣队在寻找失踪导弹和寻找敌人的工作上都没有任何进展。"

"他们可能还在犹豫要攻击哪个A国海军部队或者是他们已经找到了导弹。"汤姆说道。

"这就是我所担心的。"沃尔特上将沮丧地说，"但是，搜寻工作还得继续。"

汤姆承诺会尽快飞到场地，还说他正在研制一种能够帮助搜寻导弹下落的新型装置。汤姆简单地吃过午饭，然后继续工作。

亚弗·汉森按照汤姆的要求用机器制作了几个零件和塑料面罩。晚上，新型装置终于完工了。

"现在开始测试。"汤姆自语道。

桑迪·斯威夫特和菲利斯·牛顿都迫不及待想看汤姆的测试，第二天一早，她们便乘坐菲利斯的白色敞篷车来到了汤

第四章 空袭

姆的私人实验室。此时，汤姆身穿泳裤与乔一起在一个巨大的混凝土贮水池旁边等待她们的到来。贮水池位于企业集团后面的场地上，周边由基岩构成，用于潜水艇的检测工作。

当桑迪看到绑在汤姆重力带上的装置时，她惊讶地说道："那个小装置真的就能给你提供所需的氧气？不可能吧？它还没有袖珍半导体收音机大呢！"

汤姆笑了笑说道："我希望它可以，这也就是我这次测试的目的。"

"那是怎么做到的呢？"菲利斯好奇地问。

汤姆解释道："事实上，它的功能是将我呼出的二氧化碳替换成从水中获取的氧气。另外，虽然每次我呼出的二氧化碳只有很少一部分，但是它还是会使氧气变得不纯净，而我们呼吸的空气中很大一部分是氮气，氮气具有化学惰性，所以可以反复使用。"

汤姆指向一边的圆形屏幕说道："这是进水口，另一个是在我们吸入氧气之后水排出来的地方。"

装置的最前端连接着一根通向面罩的半钢塑料管，装置的后面则是一个用来插入小型太阳能电池的电源端口。

"那这个小旋钮是干什么的？"桑迪问道。

"那是用来调整呼吸频率的控制旋钮，而且我已经决定把整个装置命名为'电子水肺'了。"汤姆说道。

乔向后推了推宽边牛仔帽，一边用手抓头，一边怀疑地对汤姆说道:"头儿,以防万一,我看我还是随时准备用手把你拉出来吧!"

汤姆笑着戴上了面罩,随后直接潜入水池中。接下来的十分钟里,两个女生与乔都睁大眼睛看着水中的汤姆,而汤姆则在水池底部精力充沛地游泳、行走,做些其他运动,在这期间一次也没有上来呼吸过。

"哇!也给我做一个吧,这样我就也可以开始轻装潜水啦!"桑迪看到汤姆爬出水面时,惊叹地说道。

"真是太棒啦!"菲利斯也赞赏地说道。

汤姆摘下面罩,微笑着说道:"我自己也很满意这个装置。"

两个女生在企业集团吃过午饭之后,在辛普森医生的陪同下,大家乘飞机到达费林岛,这样汤姆就能在深水中测试他的发明了。大家登上了一艘小汽艇,随后医生把小汽艇开到适当的深水处,停了下来。

"汤姆,不要掉以轻心,为了防止出现紧急事件,我会在舷外放下一条信号绳。"医生提醒道。

汤姆系上设备带,调整了下面罩,在做出祈祷的手势后便从船舷边缘向后翻入水中。乔、医生和两个女生一起看着汤姆垂直落入水中,身影消失在他们眼前。

对于汤姆这个资深的轻装潜水专家来说,这次潜水是他在水下感觉最舒适自在的一次。汤姆在这个神奇的绿色海底世界

第四章 空袭

游动着,轻松而满足,没有了背后沉重的氧气罐,他感觉自己如同鱼儿一样。

看到一群鲭鱼从身边游过,汤姆心里暗自高兴,想道:"我要是随身带着渔具就好了。"

现在真正的测试才开始。随着水深的增加,汤姆艰难地向下游着。到达海底时,汤姆在海床上停留了一会儿,然后又继续潜行。突然一阵刺痛穿过汤姆的胸膛,这意味着他的血液中出现氮气气泡了!

汤姆摇摇晃晃地游向远方模糊不清的信号绳,当他碰到绳子时,身上的肌肉都已抽筋。

"没错,又是潜水病。"汤姆意识到。他咬紧牙关,用力地拉了拉绳子,然后使出所有的力气紧紧握住绳子。

医生和乔拼命地开始向上拉信号绳。大家把汤姆拉上船,给他摘下面罩后发现汤姆的脸已经疼得变了形。

"哦!太糟糕了!"菲利斯紧张地说道。

桑迪把汤姆的头放在自己的大腿上,菲利斯怜惜地握着汤姆的手,辛普森医生则给汤姆注射药剂来缓解疼痛。乔把船开回岸边后,救护车赶紧把汤姆送往基地医务室进行治疗。

汤姆在减压室待了几个小时之后,便被转移到了普通病床,随后巴德·巴克利过来探望汤姆。

"我们还真是一对难兄难弟。"巴德说道。

汤姆苦笑道:"不管怎样,至少我们还活着。"

"这得多亏了你,我才能活下来。"巴德说道。

"兄弟,别提了,我们之间没有谁欠谁的。"汤姆说着说着,也回想起了他们共同经历的那些生死攸关的事件。

巴德听到关于汤姆的电子水肺时,心情尤为激动,为排除隐患,汤姆用了一个晚上的时间画出了改进后的设计图。

汤姆解释道:"我会安一个特殊装置,在排水的同时也能把氮气排出,然后氦气将从阀门进入,取代氮气。因为氦气不像氮气那样能在血液中溶解,所以在压力减小的时候就不会出现气泡了。我早该想到这点!"

"但是这样你就得需要一个氦气罐,是不是?"巴德指出。

汤姆摇了摇头说道:"把氦气压缩到一个小胶囊里就足够携带者使用了。不要忘了,氦气是可以循环使用的。"

"听起来很有道理。"巴德评论道。

第二天早上,汤姆感觉已经完全康复了,便坚持要回到企业集团去改进水肺。巴德与汤姆一同回去,都迫不及待地想要回到工作岗位上去。

短短几个小时里,汤姆就把一个能提供氦气替换物的小装置安到了他的动力设备上,之后两个人又回到费林岛进行第二次深水测试。这次,汤姆很高兴地发现他能轻松地在很深的水下潜水,即使是在突升或是突降的情况下也没有任何不适。

第四章 空袭

巴德一脸热切地说道:"兄弟,这回我们可以真正开始探险啦!"

二人回到企业集团后,汤姆打电话给亚弗·汉森,告诉他马上就能在工厂生产出一个同样的水肺了。到了星期一,新水肺生产出来了,于是汤姆建议爸爸去参观之前计划好的水下种植点,并开始尝试样本种植。

"好主意,儿子,我想先试一下你的潜水装置。如果成功了,就能一下子解决两个问题,一个是找回木星探测器,另一个则是实施'海底养殖场'计划。"斯威夫特先生说。

大家坐飞机飞到费林岛,然后乘船来到海底养殖场的地点,大概离海岸800米远。每个人手里都拿着几株珍贵的植物。

斯威夫特先生所选的泥沙底床的深度刚好能使植物不被发现,却又能使它们得到足够的光照。

汤姆与爸爸开始了种植工作,但是在他们种下第一株植物之后,就有鱼儿游过来把植物吃掉,连根都不剩。

"看来我们得用一些网把种植场周围围起来。但是,儿子,至少你的水肺是成功的。"在他们回到船上之后,斯威夫特先生说道。

汤姆思考过后说道:"爸爸,我在想鱼会不会把你种在海水底部的太空植物也吃掉呢?"

汤姆指的是那些由未知星球的朋友们用火箭送到地球的奇

怪植物，而那些朋友现在也还与斯威夫特家保持联系。

汤姆继续说道："我有一种预感，太空植物不同寻常的气味能把鱼赶走。如果是这样，我们就可以把太空植物撒到地球植物上面，鱼就不会再过来吃我们的植物了。"

斯威夫特先生赞同汤姆的想法，他们一回到企业集团，他就提议马上开始试验。

汤姆与巴德马上主动接受这个任务。汤姆打电话给副驾驶员时，斯威夫特先生已经回到了自己的实验室去准备植物的装载工作。

二十分钟后，汤姆和巴德两人乘坐喷气式飞机出发。植物打包好装在了透明塑料膜内，闪烁着金属光泽，有点像是郁金香的花蕊，呈蜂窝状。

巴德开玩笑地说道："用稻草人植物吓走鱼，科学家们接下来会想做什么呢？"

汤姆也跟着笑了起来，突然他皱起眉头说道："那是什么？那个快速向我们冲来的东西是什么？"

只见一架没有标志的灰色豪华喷气式飞机正从三点钟方向飞速向他们驶来，巴德打开无线电发出警告，但是飞机没有任何反应。随着飞机不断逼近，汤姆开始加速行驶，他们的飞机开始旋转、俯冲，也改变了飞机的飞行航线，但还是没能甩掉追击者。

在这期间,巴德拼命地联系企业集团与一架附近的飞机,但是却没得到任何反应。突然,他们的无线电广播响起了一个声音:"跟着那架神秘的飞机着陆,否则你们将会受伤!"

微信扫码
- 科普视频
- 趣味动画
- 脑力测试
- 交流园地

第五章 预感成真

显然，敌人已经拦截了他们与除了那架神秘的飞机之外一切的无线电通讯。

"你是谁？到底想要干什么？"汤姆在传声器里问道。

只听对方清楚地回答："时间到了你自然就会知道了！"

汤姆丢掉传声器，担心地看了眼巴德，说道："兄弟，我们这次好像遇到大麻烦了！"

"是的？如果他们有武器的话就更糟了，他们到底想要得到什么？"巴德抱怨道。

汤姆耸了耸肩说道："可能是太空植物，也可能是我们的飞机。"

"或许他们真正想要的是我们，你那聪明的脑子想到什么点子没？"巴德说道。

汤姆抓紧一切时间在想办法，突然他打了个响指说道："嘿，差点忘了！"随后解释道，"巴德，看看库房里有没有

第五章 预感成真

能阻止一切干扰的无线电接收机!"

巴德高兴地说道:"这才像话嘛!"

无线电接收机是在汤姆的宇航员历险期间完成的发明,用来防御敌人的干扰波生成器。巴德在库房找到了接收机之后,高兴地把它拖了出来,插在了电源上。

这期间,神秘飞机转了个大弯,向西飞去。就在汤姆努力争取时间的时候,飞机突然又飞回来了,此时扬声器里又响起了之前的那个声音,只听见那人愤怒地说道:"我警告过你们要跟着我们,否则的话,我就会把你们击落。"

对方突然引爆一枚曳光弹使其掠过汤姆的飞机。

汤姆迅速打开传声器说道:"好吧!停止射击,看来除了跟着你们,我们别无选择!"

飞机再次返回到向西的航线上,汤姆则紧跟其后。同时,巴德已成功用其他无线电接收装置联系企业集团。汤姆打开扬声器,为自己争取足够时间向企业集团汇报他们当前的位置、航向以及航速之后,又补充说道:"立即告诉安全部门提醒维格纳尔空军基地!"

"收到指令!"企业集团操作员回答道。虽然敌人能检测到这次通话,但是汤姆知道自动干扰装置能使敌人听不懂他们的通话内容。

时间一分一秒的过去了，飞机仍在行驶。"他们到底要把我们带到哪里去？"巴德嘀咕道。

"可能是某个偏僻的着陆地点。"汤姆推测道，"我想知道他们什么时候能……"

巴德突然抓着汤姆的胳膊，指向飞机的右舷说道："机长，他们来了！"

三个发光点突然出现在北方的云层里，随着速度越来越快，很快便可以看出是三架空军战斗机，呈V字形飞行。

"一号战斗机注意不明直升机！"只听见无线广播里传来一声严厉的命令，"能听明白我的意思吗？最好是明白，朋友！我命令你在我们的陪同下朝着维格纳尔空军基地方向行驶，否则后果自负！"

这个神秘的飞机显然对突然袭击感到不知所措，他努力想要逃跑，但是却被战斗机很轻松地包围了，飞行员也被迫听从了命令。

巴德大笑了一声说道："也不过就是一只披着狼皮的羊嘛，是吧？兄弟。"

几分钟后，所有的飞机都在机场着陆了，也包括汤姆的。四个表情沉重、双手举起的男人从神秘的飞机里走了出来。军警们拿着手枪把他们带到司令员办公室，汤姆与巴德也紧随其后。

"你们企图实施空中抢劫，是吗？"在了解了两个人的情

第五章 预感成真

况后,司令员问道,紧接着又转向抓获的俘虏厉声问道:"你们又是谁?这一切是怎么回事?"

神秘飞机的机长用他粗犷的嗓门说道:"我们没有什么好说的。"这个机长四十五岁左右,一脸严肃,身材矮胖。

司令官没再多说什么,只是命令军警:"搜身。"

他们的钱包以及各种其他的东西都被搜了出来。机长带着一个飞机驾驶证,上面写着他的名字——杰克·史密斯。其他人的名字也都出现在不同种类的身份证明上,但看起来都像是伪造的。

"他们的身份可能都是假的,但是我们会调查清楚的。"司令员低声说道。

司令员还是试图从俘虏人员那里获取些信息,但是他们都很轻蔑地不作任何回答。看他们顽固不配合,司令员气得脸都红了,他命令道:"就这样,先把他们关起来。"

就在军警把劫持者们带走的时候,汤姆问会怎么处理他们的案子。

司令员解释道:"这属于国际犯罪,空军情报局会接手你们的案件,但是被抓住的人将被移交到国际警察那里。"

汤姆简单地介绍了自己的处境背景,包括木星探测导弹之谜的事情,然后问道:"能把这些人暂时转移到肖普顿监狱吗?这样我们自己的安全部门就能参与此次事件的调查了。"

司令员点了点头说道:"我会安排的。"

在飞回企业集团的途中，巴德用探询的目光问道："机长，你怎么能向他们提及木星探测器的事呢？你就不怕他们知道我们的信息吗？"

汤姆耸了耸肩，说道："我自己也很好奇，如果他们从我这获取了信息，那就证明我们到目前还不清楚我们的敌人到底是谁！"

汤姆到达实验站后，把事情的经过全部告诉了哈伦·艾姆斯。哈伦是安保主任，身材瘦长、头发乌黑。在认真听完汤姆的叙述之后，他也跟汤姆一样摸不着头脑了。

"那些人是A国人吗？"哈伦问道。

"我也不清楚，我有种预感他们会是C国人。"

哈伦吹了声口哨说道："机长，如果他们真是C国人的话，那可就麻烦了。"因为C国叛军曾经多次密谋并参加反对A国与斯威夫特家族的下三烂计划。

"希望我的预感是错的。"汤姆挖苦地说道。

哈伦接着说道："阿特·威尔特萨和海军那边又来电说导弹搜寻工作仍然没有任何进展。"

这个坏消息让汤姆更加沮丧。第二天，为了证实汤姆的猜想，汤姆与哈伦·艾姆斯一起开车来到肖普顿警察总部。两个人与他们的老朋友斯莱特局长简要交谈之后，狱警便把他们两个人带到了牢房里。

第五章 预感成真

四个犯人被关在了一间独立的大牢房里。他们看起来既紧张，又有点愤怒，好像他们之间刚刚吵过架一样。

"现在准备好要跟我们谈谈了吗？"哈伦问道。见他们没有任何反应，于是哈伦用C国语又重新问了一遍刚才的问题。

哈伦的计策没有起作用，又讽刺地对"史密斯机长"说道："我刚才讲的是什么语言？是拉丁语吗？"

就在看到他的狱友们笑的时候，汤姆的目光落在了他们的脸上，其中有一个长着一头卷发和一双富有穿透力的黑色眼睛的人看起来异常眼熟。是谁呢？突然汤姆的脑海里闪现出一个答案。这个人好像是斯戴凡·米罗夫，C国的天才科学家，他曾经试图利用幻影卫星内斯特丽亚驱逐汤姆的探险队。

凭着这种预感，汤姆对他说："你知道你们的政府对反叛者和笨蛋都做了些什么吗？米罗夫。"

只见这个人表情僵硬、面色苍白，愤怒地结结巴巴说道："我们才不笨——笨——笨呢！"

"还不闭嘴，你个笨蛋！"他们的头儿大声说道。

第六章　弹药箱线索

"史密斯机长"气急败坏地跳了起来,身体颤抖着,但是为时已晚,因为他的狱友承认自己是"米罗夫"就已经泄露了他们所有人的身份。

汤姆与哈伦都露出了胜利的笑容。

汤姆趁热打铁接着说道:"看来你已经回想起之前在斯戴凡·米罗夫身上发生的事了,或者我应该说是已故的斯戴凡·米罗夫,我们最后一次听说关于他的消息就是他被你们自己的政府审讯并判处死刑,或许你能告诉我们他现在的情况如何?"

这个头发弯曲的坏蛋眼睛里流露着仇恨的目光说道:"汤姆·斯威夫特,能笑的时候赶紧笑吧!就因为你,我哥哥斯戴凡被判入狱多年,但是我,迪米特里·米罗夫,一定要为他报仇雪恨。"

哈伦嘲讽地说道:"你这是在为你哥哥用武力与欺诈的手段获得内斯特丽亚卫星的工作被搞砸了而埋怨汤姆吗?"

第六章 弹药箱线索

汤姆又补充道:"我们的太空朋友使小行星绕着地球的轨道运行,我们宣称对其拥有权,是因为我们是第一批登陆的。甚至连你们自己的头目也不会认同斯戴凡想要摧毁一切的疯狂举动。"

迪米特里·米罗夫已经完全失去了控制,开始用一些C国语破口大骂。

他哽咽地说道:"斯威夫特,我警告你!把我们囚禁起来并不代表你就安全了,更不能代表你的计划也安全!"

"史密斯船长"朝着米罗夫的头部猛地一击,把他推到墙边,狠狠地说道:"笨蛋!还不闭嘴!你已经说的太多了!"

哈伦说道:"汤姆,走吧!我们此行的目的已经达到了。"

几个囚犯只能透过牢房的栏杆用愤怒的眼神望着汤姆与哈伦等人远去的背影。

"汤姆,干得漂亮!看来你的预感成真了。"哈伦小声说道。听了汤姆是如何设计使米罗夫泄露自己的身份之后,斯莱特局长表达了祝贺。

汤姆与哈伦两人开车回到工厂之后,心情都很沉重,因为二人都很担心米罗夫所说的威胁。

汤姆换了个角度认真地思考了整件事情,难道是C国的反叛者们试图盗取环木星导弹?

哈伦也这样想,他预测道:"估计不止这些,他们肯定还没使出最后一招，我会把信息传达给调查局与情报局。"

午饭过后，汤姆与巴德一起回到费林岛，回来之后便立即开始之前被中断的工作，解决怎么把太空植物成功栽到海底泥沙河床的问题。一个海员金姆比·考克斯主动帮他们驾驶汽艇。

他们急速行驶在水面上，把汽艇停在了海底养殖场的位置。汤姆与巴德戴上水肺，每个人手里都拿着装有太空植物的容器，跳入了水中。

潜入海底后，他们一边在模糊的绿色水中滑动前进，一边把太空植物栽入河床里，栽种的间距很大。只见有几条鱼快速游了过来，汤姆和巴德害怕用来生产托马塞特的植物被吃光了。但是当两个人靠近时，鱼儿就游走了。令汤姆高兴的是，鱼儿们再也没有游回来的迹象。

两人浮出水面，回到船上之后，汤姆高兴地说道："看来我们的防御工作成功了。"

巴德点点头。"总之，这是一个好办法。"接着他又忧心忡忡地说，"但是，机长，我认为我们要提防的不只是鱼而已。"

"此话怎讲？"汤姆问道。

巴德回答说："我的意思是指米罗夫的同伙儿，如果这些太空植物是他们此次空中劫持的真正意图的话，那么要取走泥

第六章 弹药箱线索

沙河床中的植物简直是易如反掌。"

汤姆突然反应过来了,说道:"一语惊醒梦中人,看来我应该在这片区域内安装一个音频显示屏,这样就可以把它当防窃警报器使用,也可以顺便监督一下鱼。"

二十分钟后,两个人回到陆地上,汤姆回到办公室后便给企业集团的工程师吉布·布劳内尔打了电话。

"机长,有事找我?"吉布问道。

汤姆急忙交给他一张潦草的音频显示器装置的图纸,不好意思地笑着交代说:"吉布,这是紧急任务。"随后汤姆解释道:"我们需要使用发射机浮标,由费林岛基地总部的警报系统负责监控。"

布劳内尔研究了一下图纸,点了点头说道:"没问题,我们会在二十四小时内完成安装。"

布劳内尔离开办公室后,电话响了,汤姆接起电话。

只听电话里传来紧张的声音:"我是沃尔特,汤姆,有个重要消息要告诉你,我们的一艘潜水艇找到了线索,表明有人一直在导弹搜寻区域内活动。"

"什么样的线索,先生?"汤姆问道。

"一个压缩水下工作的空气弹药箱被扔入水中的泥沙里,随后便被遗弃。"沃尔特上将又说,"已经把照片以及箱子的一部分空运到海军研究实验室,进行详细研究,我接到材料后,会以视频的形式传给你。"

汤姆表达了对海军上将的感激之情。他挂掉电话，感觉到一种前所未有的不安。第二天早上，汤姆才收到资料，仔细地看过内容之后，他轻叹了一声。

巴德带着斯威夫特新型超级喷气式飞机的飞行测试数据来到办公室，问道："又有麻烦了？"

"还是我们的老对手。"汤姆把资料推到桌子的另一边说道。

资料表明用于设计与制作弹药箱的技术皆来源于C国，对钢铁的光谱分析也证明了这点，因为他们的冶金含量符合已知的C国钢铁公式。

"这群卑鄙的小人！"巴德大声喊道，"不过至少现在我们已经知道是谁在破坏我们的导弹回收工作了。"

就在汤姆在办公室内徘徊时，巴德再次问道："你认为他们使用弹药箱的目的是什么呢？"

"可能是用作一些沉重、旋转搜索设备的运输。"这个年轻的发明家猜测道。

"那为什么把它丢掉？"巴德问道。

汤姆耸了耸肩说："乐观的猜测就是，他们一旦发现我们的海军搜寻部队就会立即撤退，因为他们害怕我们进行突击。"

"那不乐观的呢？"巴德问道。

"那就是他们已经完成任务了。因为如果他们已经成功获取导弹,那么就没必要在附近逗留了。"汤姆坚定地说。

巴德对这个说法表示不悦,说道:"哦!绝不会是这样的!"

汤姆用力拍着桌子,皱着眉头说道:"巴德,我现在恨不得在一个检测不到的潜艇上工作,就像袭击我们的那个一样。但是先了解一下关于米罗夫同伙的情况对我们来说可能更重要。"

"你的意思是说在南大西洋水下工作?"巴德问道。

汤姆点了点头说道:"我想知道他们是否已经找到导弹。"

"伙计,我跟你一起!"巴德急切地说,"我们可以使用电子水肺在水下进行侦查。"

汤姆说道:"我是打算这样做,但是我们必须赶快完成对这个区域的搜索工作,我们应该在设备上增加一个离子推进器。"

"离子推进器,用于水下?"由于巴德只熟知离子推进器在宇宙飞船上的应用,因此疑惑地皱眉问道。

"这是我突然想到的方法,可能有点不靠谱,但是我想可能会帮助我们解决问题。"汤姆回答道。他拿起一支铅笔,开始向巴德解释他的想法。

驱动装置会吸入水从而分离游离分子,将其置于电场中,这样,就会有大量的水流出,而这整个过程将会导致等离子中心管中发生虹吸作用，受虹吸作用的影响，就会形成一个小而有力的喷水推进发动机。

"这样我们就成了人类潜水艇啦！"巴德惊叹道。

巴德离开实验室半小时后，汤姆已经开始着手关于新发明的工作。他认为这个想法本身很简单，最主要的问题就是怎样设计出一个游泳者能轻松背在轻巧的装置。

汤姆痴迷于工作，一直忙到晚上，中间只停下来接了一个斯威夫特夫人打来的电话。直到第二天上午十点左右，汤姆终于组装出喷气离子发动机式飞机的初始模型。从表面上看，它就是一个细长的金属气缸，60厘米长，每个末端有一个突出的内部同心管。

汤姆决定在实验室里的水箱中测试装置。水箱里注满了水，水深刚好及胸，离子推进器放在单一的轨道上，汤姆把控制板放在旁边，这样总电源开关就触手可及，驱动装置也与控制板上的悬索相连接。

汤姆换上泳裤之后，心里高兴地想："这简直就相当于在浴缸里玩快艇！"

汤姆爬入水箱，将驱动装置滑到轨道的一端，然后汤姆慢慢地发动。伴随着一阵嘶嘶声，离子推进器装置沿着单一轨道"嗖"的一下移动到水箱的另一端。

"还不错，现在我要加快速度。"汤姆小声说道，脸上露出满意的笑容。

他把驱动装置滑回起始位置上，然后把开关完全打开。就在汤姆准备穿过水箱时，他却发现自己动不了。

喷水口喷出的气流把汤姆固定在水箱壁上，这下汤姆感到非常绝望，因为他没法关闭控制开关。

第七章 与海豚嬉戏

"天啊!我被困住了!"汤姆绝望地挣扎着,但是却没办法脱身。

第一次通电时,离子推进器装置就已经冲到水箱的末端,但是排气管仍在向外喷射出强大的水流。尽管离水箱很远,汤姆仍然能感受到胸部那种令人窒息的压力!

"救——救——救命啊!"汤姆大喊道。

时间在痛苦中缓慢地流逝着,汤姆仿佛觉得这巨大的压力要把自己体内的最后一口气都挤出来了。

突然,汤姆听到有人用粗哑的嗓音唱着《牧场是我家》向他走近。随着这个人越走越近,歌声越来越响,实验室的门也随即打开了。

"是乔!真是谢天谢地!"汤姆心想。

只见这个头发斑白、罗圈腿的厨师慢悠悠地推着午餐车,兴高采烈地来到实验室。但是,令汤姆失望的是,乔只是大致扫了一眼水箱中的身影,根本就没注意到汤姆的险境。

第七章 与海豚嬉戏

"孩子，汤好啦！"乔一边大声地喊着，一边从蒸锅里盛出一碗牡蛎汤。显然他并没有意识到这个年轻的发明家现在所处的险境。

"可不是我自夸，今天的午餐格外好吃哦！"这个厨师继续摆出其他的菜，说道，"孩子，别忙了，赶紧吃饭吧！要是能有一件事可以把厨子给激怒了，那就是没有吃我做的仙人掌沙拉。"

汤姆用尽身上所有力气，勉强挤出微弱的声音："乔！救我！"

听到汤姆发出的奇怪声音，乔过来查看情况。他惊愕地看着汤姆，立即冲到墙上播音室的电源插座处，打开了扩音器。

乔大声喊道："救命啊！救命啊！小汤姆被困在实验室里了！"

这个又矮又胖的厨师由于过度害怕，身体一直在颤抖。乔冲回原处，在水箱边无助地走来走去。不久，便有一群人紧张地冲到了实验室内。

斯威夫特先生是第一个赶到的，在看了眼大致的情况之后，他马上冲到控制板那里把总开关猛地一关。这样，喷气离子发动机的电源就被切断了。

"哎哟！爸爸，太感谢了！"为缓解肺部的不适，汤姆大吸了口气，气喘吁吁地说道。

第七章 与海豚嬉戏

老汤姆把儿子从水箱里拉了出来。

"吓死我了,到底怎么回事?"乔紧张地问道。

"可能是我把新型轻装潜水喷漆装置的速度调得太快了,差点要了我的命!"汤姆讪讪地说道。

斯威夫特先生了解了一下汤姆的发明。在解释其工作原理过后,汤姆笑着说道:"爸爸,你最好在我为水肺安装好某种密度控制装置之前留在这里,这样我就轻松地上下或是停留在任何一个高度。"

汤姆认为这样的装置能够在他再次被困在水下的时候救他一命,而且这样的装置或许还有别的功能。

老科学家笑着拍了拍汤姆的肩膀,说道:"儿子,我敢说这样的装置你就算闭着眼睛都能设计出来!"

在得到爸爸的认可后,汤姆开始改进他的潜水装置。

一个小时后,刚结束飞行测试的巴德闯进实验室内问道:"嘿!我听说你被喷水器困住了?"

汤姆善意地笑了笑,对好朋友说道:"没什么事,我就是太傻了,居然把离子发动机的马力加过头了。"

巴德从工作台上拿起了细长的金属汽缸装置,突然好奇地问道:"这就是你的那个发明?"

汤姆点了点头,并在测试水箱中向巴德演示了这台装置的使用方法。

巴德高兴地吹了声口哨,惊呼道:"好家伙!有了这台装置,我们便能如梭鱼般在水里快速前行了。"接着巴德又指着工作台上的一个装有晶体管、二极管和冷凝器的小电子底盘问道:"那个又是什么东西?"

"是一台密度控制装置。"汤姆解释道,"也可以说是压载箱的替代品,它能通过改变水下密度,使我们随意上升或是下沉到水中的任何深度。"

汤姆说会把这台装置装进小盒子,挂在潜水员的腰带上,并由一个单独的调节按钮控制,而离子推进器的"油门",或者也叫作速度控制器也将放置在同一台装置中。

"我已经迫不及待地想试一下这台新型潜水装置了。"巴德激动地说。

四点钟时,汤姆完成装置之后,就把他交给了亚弗·汉森,让他尽快制作出来。

"明天早上我们将对这个装置进行测试。"他告诉巴德。

第二天,当汤姆与巴德到达工厂时,离子推进器与密度控制器的成品已准备就绪,他们立即与金姆比·考克斯飞往费林岛,然后乘上汽艇,这一次依然由考克斯掌舵。

这次,他们把汽艇开到深水区。汤姆和巴德穿上脚蹼,系上潜水腰带,互相为对方戴上了离子推进器喷气机。

"我们潜到下面,到鲨鱼群中去!"巴德精力充沛地笑着说道,"汤姆,要当心啊。"

"只要确保你上来的时候还是完整的就行,还有,不要被离子喷射器冲走之后坐上环游世界的水下游轮就舍不得回来了。"金姆比笑着说道。

"谁知道呢?"汤姆开玩笑地说道。巴德调整面罩之后,从汽艇的一侧跳入水中,汤姆紧随其后。

随着他们向下游,浮现在眼前的是一片茫茫的海绿色。他们平稳到达海底之后,启动了喷射驱动装置,效果简直令人震惊!只听"嗖"的一声!他们便如同鱼一般在水中飞快地来回穿梭。

接着,汤姆快速转动密度装置的控制盘后,立即就像一个软木塞般急速向上浮起,然后又反向旋转控制盘,他又再次回到海底。巴德瞪大眼睛吃惊地看着汤姆,随后也开始试验自己的装置。

很快,两个人便把装置的所有水下功能都尝试了一遍。这时,巴德感觉到背后有一股推力使他在水中前行了十二米。

"偷袭我,伙计?好的,汤姆,就在这里让你尝尝我海底恐怖反击的厉害!"巴德面带笑容,心里想道。

为了回击汤姆,巴德准备突然俯冲,但是让他大吃一惊的是此时与他面对面的并不是他的好朋友,而是一只宽吻海豚。

"天啊!竟然是一只海豚!所以你才是刚才推我的家伙!"巴德心想。

海豚滑稽的鼻子顽皮地向上甩着,然后便游开了,仿佛是在邀请巴德加入到它们有趣的游戏中去，随后，一群海豚映入眼帘。

"好吧！就陪你们玩一会儿！"巴德心里高兴地想。巴德开始对海豚展开攻势，奋起直追刚刚偷袭他的那只海豚，待海豚精疲力竭时，巴德便快速游走。这次换海豚回追他，能听到口哨声与咕噜声。

汤姆也过来凑热闹，很快一场欢快的水底追逐赛全面展开，海豚就像一群顽皮可爱的孩子们一样。

二十分钟过后，汤姆和巴德回到水面，上了汽艇，两个人都摘掉了面罩，一下子就坐在船上，大笑起来。

"在水下发生了什么有意思的事吗？"金姆比问道。

汤姆告诉了他关于海豚的事情之后，金姆比也大笑了起来。在他们即将返航时，海豚们再次出现并一路为他们护航，直到他们回到岛上。

两个人对于此次新型水肺装置的测试结果都很满意，所以汤姆决定启动对C国海洋偷袭者的搜捕工作。午饭后不久，汤姆与巴德在汉克·斯特林、乔·温克勒还有其他两名船员的陪同下，乘海洋猎犬出发直奔南大西洋。

午后的阳光在海面上闪烁出刺眼的光芒，他们一群人就这样到达了导弹搜寻区域。汤姆立即联系阿特·威尔特萨和特遣队船队人员，得知他们仍然没有任何进展。

在海洋直升机潜入水中，到达海底之后，汤姆与巴德便戴上水肺从密封舱游了出去。

第七章 与海豚嬉戏

大概在水底探测了半个小时,他们两个人已经离海洋猎犬越来越远。这时,汤姆感觉到有东西碰到他的手臂,他转身看见巴德正紧张地指向右侧。

只见一艘陌生的潜水艇正缓慢地向他们驶来。

第八章　约会风波

汤姆与巴德都露出了害怕的神情,随着潜水艇的刀型船体和观望台的逐渐逼近,气氛也随之变得可怕起来。

这是C国的潜水艇吗?这艘潜水艇有什么目的?这两个年轻的潜水员会被抓住吗?会被绑架吗?船上的人又会是好人吗?

"还是不要冒险的好,兄弟,上去!"汤姆果断地做了个决定。他再次看向巴德的眼睛,用拇指做了个向上的手势示意巴德向上游。

"收到!"巴德透过面罩用唇语说道。

两个人迅速调节密度控制器,快速上升。潜水艇立刻表现出敌意,随即便加大马力向上追去,但是汤姆与巴德轻松地把它们甩开了,他们的密度装置如同魔法般把二人径直推送回到水面。

"哇!看来那家伙肯定是在跟踪我们,没错!"两人浮出水面后,巴德把面罩推到后面说道。

第八章 约会风波

汤姆点了点头，踩着水说道："我们不能在这逗留，否则还是会被发现的！"

巴德同意地说道："那我们去哪呢？"

新鲜的空气中夹杂着咸咸的味道，阳光洒在海浪上。此时此刻，居然会有一艘敌人潜艇紧随其后，这简直难以置信，但两个年轻人都知道时间每过去一秒，危险都在增加。

"我们得返回到海洋猎犬上去，现在就出发吧！"汤姆指向西北偏北的方向说道。

巴德做了一个"OK"的手势后，调整了下面罩，然后两个人便倾斜向下潜行，速度如同海底火箭般迅速，他们的离子喷射器也在完美地运行着。一会儿，两个人便看到了他们的海上直升机。

汉克一看到汤姆与巴德滑过，就急忙透过舷窗跟他们招手。密封舱的门迅速开启，两个人随即进入船内，安全地回到船内后，两人都如释重负地叹了口气。

"出什么事了吗？"乔似乎察觉到什么，问道。

"我们遇到了一艘陌生的潜水艇，可能是C国的。如果他们跟踪我们的话，估计现在已经在这里了。"汤姆说道。

"潜水艇？但是我们从声波定位仪上什么也没发现啊！"汉克吃惊道。

"再检查一遍。"汤姆命令道。

声呐操纵员弯下腰观察潜望镜，汉克也专心地听着水中听音器，但是都没有获取到有关其他潜艇的任何信息。

"可能跟上次攻击我们的潜艇是同一艘，我们最好在他们采取下一步行动前调查清楚。"汤姆坚定地说。

汉克命令海洋猎犬急速上升到水面，两个人也都换好了便裤和T恤衫，然后由汤姆开飞机返航。

"气死我了！每次这些流氓出现在我们周围，我们就只能落荒而逃吗？"就在海上直升机向北方快速前进时，乔愤怒地说道。

"我也不希望如此，也就是说，要想秘密进行导弹搜寻工作，我必须想出一个能使我们自己潜水艇不被发现的办法，这也是能保护我们船员的唯一方法。"汤姆郑重地说道。

"机长，还需要别的建议吗？是关于水肺方面的。"巴德说道。

汤姆回："当然，尽管说。"

"兄弟，我们在水肺设备上增加个通讯装置怎么样？这样一来，如果我发现陌生的潜水艇但离得太远碰不到你时，这个通讯装置可能会起作用！"

"有道理，我马上就去研究。"汤姆赞同道。

回到费林岛时已是傍晚，汤姆与巴德乘坐特种鸽子回到企业集团后，汤姆给海军部门打电话，详细地汇报了关于那艘神秘潜水艇的情况，然后两个好兄弟便开车回斯威夫特家吃夜宵。

第八章 约会风波

那天晚上碰巧菲利斯·牛顿来找桑迪谈心,但是两个女孩都对汤姆和巴德态度冷淡,不但没与他们聊天,反而回到楼上桑迪房间去听唱片,不过还好斯威夫特夫人用美味的烤牛肉和肉馅饼盛情款待了两个人。

"怎么了?我们看起来很讨人厌吗?还是发生了什么事?"巴德一边吃一边问汤姆。

汤姆耸了耸肩,一边专心吃着嘴里的牛肉,一边说道:"我可不知道,看来今晚我们似乎不是很受女生的欢迎。"

这时,在厨房里的斯威夫特夫人不经意听到了他们的对话,只是笑了笑,但却什么都没有说。

突然巴德拍了下额头,说道:"天啊!难怪!"

汤姆饶有兴趣地笑着问道:"我们到底做了什么让她们不高兴了?"

"是我们没做的事情,兄弟!"巴德继续说,"我们今天下午本来有个约会的,记得吗?是菲利斯与桑迪学校组织的海滩联谊派对,还有舞会!"

"哎哟!老兄,这回我们可闯大祸了!我彻底忘了!"汤姆愧疚地说道。

晚饭过后,两个人开始讨论用什么方式来弥补两个女孩,几盒巧克力?还是鲜花?但却没有想出一个令人满意的主意。

"我们必须得想出一个万全之策。"巴德说道。

"没错,我们还是先考虑一个晚上吧,看能不能在明天早上之前想出一个使她们为之惊叹的好主意。"汤姆同意地说道。

第二天早上,汤姆有了灵感,于是便开着他的跑车去了工厂,并且在第一时间通知了巴德。

"我懂了,兄弟!你的意思是我们星期二晚上在卡罗帕湖的游艇俱乐部里举行一场广场舞会吗?"

巴德的眼睛闪闪发光,说道:"嘿!真是一个好主意!到时候我们要邀请一大堆人,让乔负责食物,我们要办一场真正盛大的舞会。"

汤姆与巴德两人热情地握了握手,迫不及待地想要弥补他们的过失,于是便邀请桑迪和菲利斯一起出去吃午餐,用过甜点之后,两个人就把关于广场舞会的计划告诉给她们。

"关于昨天的海滩派对,我们感到很抱歉,但是我们希望你们能再给我们一次机会。"汤姆歉意地说。

两个女孩用闪烁的目光互相看了看对方,然后,突然间就咯咯地笑了起来。

"我们已经完全原谅你们啦!"菲利斯宣布说。

"那这算是约会吗?"巴德插嘴问道。

"是你说约会的,那看你这下还敢再忘记!"桑迪警告道,"现在,我和菲利斯要直接去多尔曼百货商店,挑选一些舞会所需要的漂亮衣服。"

在开车回企业集团的路上,汤姆和巴德都为计划成功而感

到高兴。当天下午,正当汤姆在实验室研究怎么在水肺上添加音波通讯装置时,一个电话打断了他的工作。

"我是李斯特·莫里斯。"电话里传来一个声音。这个名字起初并没有让汤姆想起是谁在给他打电话,打电话的人又接着说道:"我听说你要在星期二晚上在游艇俱乐部里举办一场广场舞晚会。"

汤姆突然想起来了,李斯特·莫里斯是在肖普顿一支很受欢迎的伴舞乐队的指挥者,他也是一名很受欢迎的广场舞指挥者和提琴手。

"没错,真是好事传千里,我们刚刚才开始打电话邀请朋友们。"汤姆笑着说道。

莫里斯向汤姆询问了是否已经为当晚的晚会请好了乐师的事情。当听到汤姆说还没有时,他便提出接下这份工作,并且他还会提供一个乡村风格的小型爵士乐团,而且他提出的价格听起来还算公道,汤姆也知道莫里斯的名气,便高兴地把这份工作交给了他。

"这电话来得太是时候了,真幸运。"汤姆挂了电话之后心想。

一会儿,巴德很高兴地来到实验室听关于晚会的计划安排。两个人谈论了一会儿舞会计划之后,巴德问道:"我们的水下通讯装置进展得怎么样了?"

汤姆抓了抓下巴,思考了一会儿回答道:"有点棘手,但是还不算很难，其实就是改装一台微型胖人装备上声呐电话排列。"

汤姆接着解释，他将在每一个面罩里面安装一台微型扩音器，再把微型扩音器上的输出信息转播到外部传感器中去，接收传感器将会从扩音器中接收到的信息反馈给耳机，联合装置的能源将由水肺中供电装置的太阳能电池通过呼吸管中的连接线提供。

"汤姆，真是太棒了，需要帮忙吗？"巴德说道。

"你可以为我们制作两个能覆盖耳机的新型面罩。"汤姆建议道。汤姆在工作台上拿起了一张用铅笔描绘的图纸交给了巴德，接着说道："你要为扩音器和耳机钻两个孔，孔的尺寸图纸上有，但是你要小心，不要把塑料弄坏。"

巴德按照汤姆的指示去工作了，汤姆也开始组装这些微小的电子零件。两个小时后，装置完成了组装，可以进行测验了。

汤姆擦了擦额头上的汗水，满意地微笑着对巴德说道："快去取你的泳裤，我们先在这个水箱里实验一下。"

"好主意！马上就来！"巴德回。

快速换装之后，两个人戴好新型水肺设备。调整面罩之前，汤姆告诉巴德说为防止任何来自敌人的窃听，他已在通讯装置中插入了干扰线路。

"即便是他们能听到些什么，也只是大杂烩。"汤姆笑着

说道。

两个人潜入到测试水箱中,开始对这种新型水下通讯装置进行全面的检测。结果证明,新型通讯装置很好用。十分钟后,汤姆与巴德再次回到水面,虽然身上还滴着水,但两人却都十分满意。

两人刚摘下面罩,乔便冲进了实验室,只见他身后还跟着一群工作人员和技术人员,乔慌乱地张着大眼睛。

"乔,发生什么事了?"汤姆紧张地问道。

汤姆·斯威夫特和电子水肺

第九章　磁铁绑架

"不知是外星人还是敌人正准备侵袭我们！"乔大喊道，"头儿！快点用望远镜看一下。好可怕的火箭筒呀，他们随时都可能着陆！"

被这个厨师的叫喊声和动作所吸引，更多的人涌入实验室内。一些人表示很困惑，还有一少部分人感到害怕，其他人则把乔的话当成是笑话，大笑起来，场面很是混乱。

"咳！慢点说，乔！"汤姆命令道。他尽量让自己在喧闹声中听清楚乔的话。

"头儿，这，这是真的！如果不是真的，那为什么我会亲耳听到他们说外星话呢？"乔一边用他红色的大印花手帕擦了擦额头，一边结结巴巴地说道。

"你听到了什么？"巴德问道。

"外星人之间的对话！"厨师重复道，"我是从厨房里的扩音器中听到的！他们在谈论关于如何把我们所有人都除掉的事情！"

"是真的，我们也都听到了！"其中一个工人插嘴说道。

汤姆与巴德都一脸茫然地看着对方，突然汤姆的眼睛里闪现出一种怀疑的神色，四处转了一圈之后，他直接冲到墙上的扩音装置输出口处并对其进行检查。

与此同时，斯威夫特先生正好开车回到企业集团，到达大门的时候，他察觉到在汤姆实验室内的喧哗声，便问门卫说："发生什么事了？"

"现在还不清楚，先生。我自己也很好奇到底发生了什么，但是我似乎听到有人喊道这里将会发生一场太空袭击，听起来很疯狂吧！"门卫回答道。

斯威夫特先生听到这个消息之后，眼眉惊愕地向上扬了扬。他没有再多说一句话，一脚油门踩下去，车加速行驶。几秒钟后便到达汤姆的私人实验室，他把车停好后便立即下车，穿过喧杂的人群直奔实验室内。

"发生什么事了？"斯威夫特先生惊讶地瞪着正笑得前仰后合的汤姆和巴德，问道。

"爸爸，是一个扰频无线电报警器，乔还以为是火星人入侵，所以才引起恐慌的。"汤姆大笑之余解释道。

汤姆解释完整件事情之后，乔的脸一下子便红了起来。

汤姆意识到乔处境尴尬，所以他尽量使乔的错误听起来没那么离谱。

第九章 磁铁绑架

显然连接离子推进器控制板的电源线已经一定程度上获取到两个人水下对话的扰频内容,通过墙上扩音装置系统的线路以及扩音功能发出的电感将信号进行了转移。

"墙上的扩音器是开着的,不管怎样,它能获取到来自水箱里的声波。"汤姆亲切地拍了拍厨师的后背,总结道,"我很高兴在公司里能有一个像乔一样机警的人,他已经不止一次拯救我们的性命了!"

听了汤姆的话,乔重新振作了起来,其他工作人员也都安心地回到了各自的工作岗位上。

"我也有一个消息要告诉你,但是与太空袭击相比,我的消息可能会显得很乏味。"房间里的人都散去之后,斯威夫特先生笑着说道。

"爸爸,快点说吧!"汤姆急切地说道。

"我已经用那些太空植物做了些实验,实验结果表明它们有可能成为珍贵的营养源。"斯威夫特先生说道。

斯威夫特先生继续说:"这种植物有希望在短时间内制造出大量蛋白质,而且成本很低,制造出的蛋白质将超过世界所需食物的供应,而且,从这种蛋白质中所分离出的维生素在所有现存的食物中都还没有被发现。"

"辛普森医生与我一起工作,并用从太空植物中提取的维生素做了很多实验,他认为这种维生素对人体健康很有益。"斯威夫特先生最后说道。

汤姆听到这个消息后很是激动，就连巴德也意识到斯威夫特先生的这项研究成果将会具有历史性的重大意义。

"爸爸，我不得不说你的这条消息已经令虚假的太空袭击消息显得黯然失色了。随着地球人口不断增长，这是解决粮食问题的最佳方案。"汤姆激动地说道。

"不要告诉乔，不然的话会在接下来的菜单中出现外星汉堡的！"巴德补充道。

斯威夫特父子都笑了起来。乔喜欢制作一些混合怪味菜已经成为企业集团的笑柄了，但也使乔发明的炖狳狳和响尾蛇汤菜系大获好评。

星期一早上，汤姆便开始全心投入到设计一种隐形潜水艇的工作中。

他的画板上画满了各种草图与表格，突然，电话响了，打断了汤姆的思路，被打断的汤姆烦躁地接起电话，打电话的人是李斯特·莫里斯。

"我们能在游艇俱乐部见一面，讨论一下关于舞会的计划吗？"莫里斯问道。

汤姆犹豫了一下，因为一方面为使舞会成功举办，桑迪和菲利斯让他尽早做好万全的准备，但是另一方面……

"我今天没有时间，但是我妹妹和巴德·巴克利可能比我更清楚关于舞会的计划，午饭后，我让他们去那里见你，然后把我们的想法告诉你，可以吗？"汤姆说道。

第九章 磁铁绑架

莫里斯稍微停顿了一下，然后说道："那好吧！"虽然嘴上同意了，但是从他的语气里能听出他还是多少有点不悦。

挂了电话之后，汤姆便给巴德打电话让他去赴约。巴德很高兴地答应了，于是就在去见莫里斯之前先去接桑迪一起共进午餐。

一点钟的时候，巴德与桑迪一起来到了游艇俱乐部的包厢，但是李斯特·莫里斯却还没到，于是他们俩便坐下来等他，二十分钟过去了，这个音乐指挥家依旧没有出现。

"但愿他没有忘记。"桑迪看了下手腕上的表说道。

"如果他是一名广场舞的指挥者，那么他的记忆力肯定格外好，要是如果他连时间都不记得了，那也真是好笑了！"巴德开玩笑地说。

两人又等了一段时间，巴德最终决定往莫里斯家里打个电话。

但是就在这时，一个又瘦又无精打采的男人向包厢走来，他的那双眯眯眼与花哨的条纹西装一起给人以品行不端的感觉。

"天啊！居然是莱恩·昂格尔！他来干什么？"桑迪小声说道。

昂格尔直接走向他们二人，巴德和桑迪都曾在镇上见过他，而且都觉得他是一个令人讨厌的人。

"不好意思，莫里斯实在是太忙了，所以派我来跟你们谈论关于舞会的计划。"昂格尔告诉他们。

巴德从桑迪蓝眼睛里闪现出的厌恶眼神就知道,桑迪十分讨厌昂格尔这个人,但是出于礼貌,桑迪还是请他坐了下来,随即问道:"莫里斯先生都能演奏什么广场舞曲呀?"

莱恩·昂格尔耸了耸肩说道:"你说吧。"

"但是,我们怎么知道他是否能演奏出我们想要的音乐啊?"桑迪不解地说道。

昂格尔似乎没有理解桑迪的问题,看着她说道:"你的意思是他会取消你想用的舞曲吗?如果他不能演奏的话,我会告诉你的。"

"那他演奏踢踏舞和歌唱舞曲吗?"巴德问道。

昂格尔又犹豫了一会,然后说道:"两种都可以。"

"太棒了!我还以为他只是起个头呢。"桑迪想了一会又继续说道,"那好,让我想想,《笼中之桥》怎么样?还是《阿肯州的女孩儿》?又或者是《城里和乡下》?"

昂格尔把桑迪说的歌名记在了一个信封的背面。

他停顿了一会儿,说道:"我猜你哥哥一定很忙,所以今天才没来吧?是这样吗,斯威夫特小姐?他现在在忙什么实验工作呢?"

"无可奉告。"桑迪冷酷地回答道。桑迪从不对外人说有关汤姆与他爸爸研究工作上的事情。对于这一点,她总是会特

别注意。

昂格尔穷追不舍地说道:"我知道他在为海军发射木星探测器。"

"我们还是继续讨论广场舞的事吧。"巴德打断他说道。在讨论完舞会的计划后,莱恩·昂格尔还是继续问有关"伟大的汤姆·斯威夫特"和他的发明的问题,但他所有的问题都没有得到回答。

桑迪与巴德尽快结束了与昂格尔的对话,然后便离开了游艇俱乐部。他们走后,昂格尔的脸上浮现出愤怒、嘲笑的表情。

"这家伙实在是太讨厌了!"巴德在回去的路上,一边开着他红色的敞篷车,一边说道。

与此同时,汤姆则在企业集团中私人实验室里研究隐形潜水艇。他做了几次不同的实验,但是却没有一个成功的,所以汤姆有些沮丧。

"我本以为一个声呐波挡板可能会在某处起点作用,但看来我想错了。"汤姆喃喃道。

汤姆坐在工作台上的凳子上面,双手托着下巴,皱着眉头,陷入了沉思。这时,又矮又胖的乔·温克勒来到了汤姆的实验室内。

"头儿,想什么呢?难道你那聪明的头脑今天不好使了?"这个厨师兴奋地询问道。

"好像是。"汤姆说道。

"孩子,时间会解决一切问题的,明天又会是崭新的一天。你现在需要做的就是去为广场舞会换个发型。"乔意味深长地说。

"乔,你说的有道理,一个新发型可能会帮助我更好地思考。"汤姆不禁笑着说道。

汤姆从凳子上站了起来,伸了伸腿。他与乔一同从实验室里走了出来,然后汤姆骑着小型摩托车来到停车场,上了炫酷的银色跑车。

不一会儿,他便行驶在开往肖普顿方向的路上。临近肖普顿时,汤姆突然抄近道在路旁转弯,他从车镜中注意到他后面的一辆卡车也跟着他转弯了。

"开得好快!既然你这么着急的话,你先过吧,朋友!"汤姆心想。

汤姆把车停在了路边,并示意让卡车先走。但是,让汤姆惊讶的是,卡车逐渐向他逼近。紧接着,汤姆看见车的左车门打开了,接着在引擎盖下弹簧状的钢丝绳上弹出一个奇怪的装置。

这个装置紧紧地吸住了汤姆车的后保险杠!此时他的车就如同鱼竿上的鱼一样被钓了起来。

汤姆踩了一下油门,试图摆脱束缚,但是卡车立刻转向,绕过了一根电线杆。

当钢丝绳被拉紧时,响起了刺耳的金属摩擦声,跑车也完全停了下来。

汤姆的头部猛地撞到了车的侧窗上,伴随着一声痛苦的呻吟,汤姆昏了过去。

第十章　电话编码

随着知觉恢复,汤姆的眼睛缓缓地张开,头部传来的阵阵疼痛使汤姆不自觉地发出呻吟声。

"哦!是什么东西袭击我?"汤姆好奇地问道。

此时汤姆躺在一个陌生房间的沙发上,有人就坐在离他很近的地方,看着他。

汤姆试图坐起来,但是他发现手腕和脚腕都被绳子绑住了。

"阳光男孩儿,你最好还是乖乖地躺在那里。"只听一个粗暴的声音对汤姆说道,"哪都别想去。"

刚刚说话的男人从椅子上站了起来,走向沙发。这个人中等身高、体格强健、眼神冷酷,衬衫的袖子卷了起来,露出他长满汗毛、强壮有力的双臂。

"我现在在哪里?到底发生了什么事?"汤姆问道。突然汤姆记起了失去意识之前在公路上发生的事情。

这个男人阴冷地笑了一下,说道:"你现在已经跑不掉

第十章 电话编码

了,在警察释放迪米特里·米罗夫之前,你都必须留在这里。而他们什么时候释放迪米特里·米罗夫完全取决于你。"

这个彪形大汉从临近沙发的茶几上拿起电话放在汤姆旁边的地板上。

"电话在这,你现在就打电话,但是别想要什么花样。"

尽管头还很痛,汤姆仍在想办法。现在该怎么做?他闭着眼睛,脸上露出疼痛的表情,装出自己现在仍然很虚弱的样子。

这样一来,汤姆便可以拖延时间,好为下一步计划做打算。

"我怎么能让米罗夫从监狱里出来呢?"汤姆支吾地说。

"你自己想办法!如果你想毫发无损的话,最好让他们放了米罗夫!"这个男人咆哮地说道。

汤姆半睁着眼睛注意到了印在拨号盘上的电话号码,显然,抓他的人没有想到要把电话号码从转盘上拿走,机会来啦!

汤姆想,只要他能想出一个办法把这个号码传达给哈伦,同时还不让抓他的这个人起疑,这样,哈伦就可以利用电话定位追踪到我所在的位置了!

利用含糊其辞的编码怎么样?汤姆心想,为了传达电话号码中的数字,应该在对话里不断插入数字。但是,这样做,哈伦能明白吗?

拨号盘上显示的电话号码是BArwick3-7156,其中BA在拨号盘上代表两个2。

"快点！别想拖延时间！"这个男人用威胁的语气说道。

"我的手都被绑上了，怎么拨号？"汤姆反驳道。

"我来拨号，聪明的家伙！"

他从电话槽上拿起电话放到汤姆耳边。汤姆告诉了他企业集团的电话号码，电话接通后，汤姆让电话总机接电话的人转到哈伦的电话分机。

一会电话里就传来了警卫科长的声音。

"哈伦，我是汤姆。"汤姆说道。在汤姆打电话时，抓他的那个人也想知道汤姆与哈伦的对话内容，便弯下身体，把耳朵也凑到听筒旁边。

汤姆则继续说道："我想我们还是把米罗夫放了吧。"

"放了他！但是为什么啊？机长。"哈伦惊讶地问道。

"额，为了表示友好，我认为为了避免今后与C国人发生冲突，还是放了他吧！你说呢？"汤姆说道。

"不能放啊！这个想法简直太离谱了！"哈伦激动地说道。

"我认为这个想法一点也不离谱，一点也不冒险。"汤姆争论道。他故意强调两个"二"，希望能使哈伦注意到他所强调的数字。

汤姆说话的语气以及语无伦次的说话内容已经引起了安保主任的警觉。哈伦紧张地停顿了一下后问道："你在哪里给我

第十章 电话编码

打电话呢？"

"肖普顿，我刚开车过来剪头发。"汤姆笑着继续说，"我已经3个月没有剪头发了，这比我平时的理发周期长了1周！"

"哈伦能明白1周就是7天吗？我最多只能做到这样了。"汤姆心想。

"机长，你确定要把米罗夫放了？我还是觉得这样做不妥。"哈伦放慢语速说道。

"哈伦，把它当成命令去执行！这是我非坚持不可的1件事，释放他根本用不到5个或6个小时吧，即使他要发电报给C国大使馆申请保释金也就5、6个小时吧？"汤姆厉声地说。

"如果他在镇上有朋友的话，这事处理起来可能会快一些。"哈伦说道。

"那倒是。"汤姆收到暗示，意味深长地说。

通话结束后，绑了汤姆的人一把抢过电话，把电话砰的一声挂回到电话槽内，瞪眼望着汤姆，大吼道："好了，聪明人！够了！"

此时的企业集团，哈伦若有所思地挂了电话之后。他想起汤姆对于米罗夫在附近有朋友这个问题的回答，他确定汤姆是在胁迫之下打的电话，那就证明汤姆被人囚禁了。而且，哈伦在电话里隐约听见了还有除了汤姆以外其他人的呼吸声，那个人就在电话旁边。

第十章　电话编码

但是汤姆究竟在试图传达什么信息呢？

按照警卫科例常采取的防范措施，哈伦的电话与记录器相连接，所以能记录所有的通话。哈伦一边思考，一边按下按钮把与汤姆的通话重新播放了一遍。

另一边，汤姆与挟持他的那个人都在焦虑地等待着。那个人时不时地看看手表，抱怨道："你最好祈祷刚才的那通电话成功了，因为这是你能活着离开这里的唯一希望！"

"你怎么知道他们是否放了米罗夫呢？"汤姆问道。他试图劝说这个人，看他能否让自己再打一个电话。

"这个你不用担心，米罗夫自然知道怎么联系我。"

三十分钟就这样过去了。四十分钟过后，突然门铃响了。挟持汤姆的人一惊，意识到有人来了。他看了眼汤姆，然后又看向发出声音的方向，紧张地舔了下嘴唇。

"他一定是在等电话。"汤姆心想。

门铃声再次响了起来。这次他从椅子上站了起来，急忙用手帕塞住汤姆的嘴，然后向门的方向走去。

"是谁？"他大声地问。

"达菲，是我，米罗夫！快点让我进去！"一个带口音的声音在门外回答道。

达菲松了口气，便把门打开了。但是当他看到不是只有米罗夫一个人，还有两名警官和哈伦也一起过来时，他整个人都僵住了。

"你是要为米罗夫交保释金的人吗?"其中一个警官问道。

达菲感到很不解,虽然察觉到危险的气息,但是他却没能在米罗夫脸上获取一丝线索,于是便问道:"为什么?好吧,可能,你们要多少保释金?"

"一千万!你能付得起吗?"哈伦讽刺地厉声说道。

就在达菲感到困惑时,两个警官突然冲进屋内。他们打开门,把达菲带回里面,达菲的身体失去了平衡。透过门厅,哈伦瞥见沙发上的汤姆。

"在那里!"哈伦大声喊道。

他们马上为汤姆松绑,米罗夫和达菲则被铐在了一起。

这个年轻的科学家高兴地与前来营救他的人握了握手,说道:"哈伦,干得漂亮!我在这边紧张到直冒冷汗,因为不知道你到否破解了我的胡言乱语。"

"你已经把号码说得很明白了,但是猜出你的话确实花了我不少时间。然后,我通过电话公司追踪了你所在的位置。"哈伦笑着说道。

哈伦注意到汤姆额头上的伤口,问道:"你确定没事?"

"现在感觉还好!"汤姆笑着说道。

然后他把自己被绑架的经过告诉了他们,其中一个警官做了记录。

米罗夫和达菲被警车带回监狱,而汤姆和哈伦则坐上哈伦

第十章 电话编码

的高级轿车来到汤姆被挟持的地方。

他们发现汤姆的跑车已经严重损坏,只见一根电线杆以奇怪的角度插进了车身的右侧。

哈伦吹了声口哨,摇了摇头说道:"汤姆,发生这样的事,你只受了点轻微的擦伤,实在是太幸运了!"

"没错。"汤姆感慨地说道。

给汽车修理厂打电话之后,来了一辆清障车把汤姆的车运走了,他们开车回到了斯威夫特家。

由于斯威夫特夫人和桑迪之前并不知道汤姆的遭遇,得知之后,她们担心极了。特别是看到了汤姆的伤口之后,母女二人更加担心了。

尽管汤姆尽力使她们消除忧虑,最后还是被强制躺在了床上。她们立即叫来斯威夫特家的私人医生——爱默生医生来给汤姆检查身体。

医生检查过后告诉他们,汤姆的伤势并不严重,但是需要在床上静养,至少今天得休息。

当天晚上,巴德过来看望汤姆,碰巧见到桑迪手里拿着一个托盘,盘子里是刚煎好的丁字牛排。

"哇!真希望我也能享受到这样的待遇。"巴德开玩笑地说道。接着又严肃地说,"汤姆,我想去见见绑架你的那个坏蛋,他的这种行为真是太恶劣了,你知道你差点就没命了吗?"

"好吧，我知道。"汤姆狡黠地说。

第二天早上，汤姆感觉自己的身体已经完全恢复，坚持要开车去企业集团。

到了企业集团之后，汤姆给沃尔特上将打了个电话，得到仍没有关于失踪导弹的任何消息。

听闻这个消息之后，汤姆沮丧的回到私人实验室，再次投身到制造"隐形"潜水艇的工作中，却又一次失败了。

最后，汤姆不耐烦地摇了摇头，决定道："我也许应该去把昨天没有剪成的头发给剪掉。"

离开之前，汤姆打了个电话给菲利斯，为昨晚菲利斯得知汤姆危险的经历后带水果和坚果来看望他表示了感谢，他们在电话里聊了一会，约好共进午餐。

汤姆开着家里的车回到镇上，剪了头发，然后便去菲利斯家接她，两人一起去了游艇俱乐部。他们在游艇的露台上一边享用午餐，一边欣赏着卡罗帕湖上波光闪闪的蓝色湖水。

回到实验室后，汤姆心情大好，便又全身心投入到工作中去。

"我得把这个问题解决掉，虽然我们的敌人很聪明，但是既然他们能制造出规避探测的潜水艇，我没有理由做不到啊。"汤姆喃喃自语道。

汤姆漫不经心地拨弄着工作台上的扩音器，陷入了深思。

"其实,为什么不制作一艘比他们还好的潜水艇呢?我要发明一艘潜水艇,不仅声呐检测不到,而且还要配备能够看到他们的装置。"汤姆心想。

第十一章 广场舞会的骗局

汤姆的头脑里不断闪现各种设想和电路图。"这项工作归根结底就是清除我们自己声呐波,要突破敌人的'声呐波陷阱防御'。"汤姆最后总结道。

由于汤姆过于专注研究,他完全忘记了时间。

这时传来一阵高跟靴子踩在地砖上发出的笨重脚步声,接着,门就开了。汤姆抬起头看见胖胖的、围着围裙的乔·温克勒走了进来。

"嗨!头儿,能借我一台收音机吗?"乔问道,"这样我就能在厨房洗碗的时候听一些想听的音乐了。"

"当然可以,朋友。"汤姆指向附近架子上的一台便携式收音机说道。

乔露出一丝笑容,他一边去取收音机,一边问道:"其中有一个是晶体管,是吗?"

厨师按下按钮,随即传来一阵夏威夷吉他的弦乐。紧接着,不论是汤姆用来睡觉和吃饭的两室公寓,还是用来整天做实验

第十一章 广场舞会的骗局

的邻近实验室内都回荡着震耳欲聋的音乐。

乔对于突然出现的巨响感到惊愕，询问道："头儿，你在这里安装了音响吗？"

"不完全是。"汤姆解释说工作台上的扩音器能识别出音乐，然后把音乐传到邻近的公寓内，然后再被那里的扩音器放大。

乔和着朗朗上口的旋律打起了响指，笑着说道："比录音机里放出来的声音还大！"

"是的，但是音效不是很好，你能听出它与真正立体声的区别。"汤姆说道。

乔拿着便携式收音机从实验室里走了出去，嘴里还满意地哼着音乐。

汤姆皱着眉头试图再次使自己集中精力去解决潜水艇的问题，但是不知什么原因，隔壁房间的扩音器和音响的问题一直环绕在汤姆的脑海中。

突然，汤姆大声地惊呼道："原来如此！敌人的潜水艇正是这样才检测不到的？"

这看起来是一个可行的办法。假设这艘潜水艇使用了多个"扩音器"，或者是接收传感器以获取来自另一艘试图探测它的船上发射出的声呐脉冲？然后这些脉冲会由潜艇另一侧的扬声器传递并发送，在它们的水下路径中继续传播。

这样一来，声呐脉冲便能毫无障碍地出现，而且搜寻船上的声呐仪也不会收到任何回音。

"太好了，没错，我打赌这一定是问题的答案。"他又笑着说道，"欣赏一下我的高跟靴吧，这也有聪明的老乔的功劳！"

汤姆抓起一支铅笔便开始在纸上勾画他的想法，接收器和转换器有必要覆盖船身所有的位置。

画出草图之后，汤姆接着又继续画出几个图表，并且进行了计算。

一艘隐形的潜水艇是一种即使从声呐脉冲中穿过，也不会被发现的潜水艇。"貌似掌握了诀窍之后也不过如此嘛！"汤姆兴高采烈地对自己说。

汤姆精确地分析了波作用，然后又为他的一架海洋直升机设计了几组精密的原理图，几个小时过去了。

最后汤姆放下铅笔，给巴德打了个电话。

"巴德，赶紧过来，我这有一个好消息！"汤姆说。

不一会儿，巴德便赶来了。汤姆向他展示了设计图纸，解释了关于躲避水下检测的计划。他也说到了是乔对于收音机音乐无心说的话启发了他。

巴德拍了拍他的后背说道："汤姆，好样的！"

"我们现在就直接飞去费林岛，看一下它是如何在海洋直升机上工作的！"汤姆热情地提议道。

巴德笑了一下，但是却双臂交叉、两脚分开站在那里，一

第十一章 广场舞会的骗局

动不动地看着汤姆。

"兄弟,我们快出发吧!"汤姆对于巴德的无动于衷感到很困惑,便不耐烦地催促道。

"那我们的广场舞怎么办?"

汤姆短暂地停顿了一下,感觉像是被刺破的气球一样。他惊慌地看了看眼前这个微笑着的长着乌黑头发的朋友,说道:"天啊!我又忘了!"

汤姆叹了口气说道:"你说得对,我们不能让两个女孩再次失望,但是我们至少应该在去费林岛之前组装好这台装置。"

"我们还是有时间进行组装的。"巴德同情地笑着说道。

汤姆组装了大量的电子设备,并打电话给企业集团的各个部门寻找其他的零件。

巴德帮助他进行收集工作,两个人用卡车把所有相关的用品运到了一个停放旋转小鸭的飞机库里,之后两个人便立马回到实验室洗澡、换衣服。

二十分钟后,两人换上运动夹克、方格衬衫,和休闲裤,坐上了巴德的红色敞篷车去接桑迪和菲利斯,接上两位女孩后,他们开车去了不远处的一间大型老式农场饭店吃晚饭。

在开车去游艇俱乐部的湖边公路上,桑迪笑着说道:"这是美好夜晚的开始。"

"但愿我能少吃点炸鸡,不然的话,我会在广场舞会上出

第十一章 广场舞会的骗局

丑的。"巴德说。

"兄弟,不用担心。每次小提琴开始演奏时,你都会胡乱跳。"汤姆笑着说道。

游艇上耀眼的灯光映射在船停泊的蓝黑色水面上。巴德停车之后,他们便入场了。

一看到他们来到舞会现场,乔便用热情的笑容迎接他们,大声喊道:"孩子们,欢迎你们!"

只见这个老牛仔身着华丽的栗色缎子衬衫,一条白色的裤子扎进他闪闪发亮的新鞋子里,但是今天他头上没有戴平时的牛仔帽,而是戴了一顶厨师帽。

"乔!你今天真帅气!"桑迪说道。

这个厨师高兴地红着脸回应道:"两个女生才漂亮呢!都能把站在树枝上的猫头鹰给迷倒!"只见两个女孩都身着艳丽的印花转裙。

舞会的房间里装饰着五颜六色的旗布和皱纸条,乔还在房间的一侧摆了一辆西部流动炊事车的模型。

"太有气氛了!乔,你真是我们的骄傲!"汤姆赞赏地说道。

"谢谢,头儿。"这个厨师在舞会前便特别请求要负责装饰工作,所以对于汤姆的表扬他感到非常高兴。突然乔严肃地问道:"但是那个该死的小提琴手怎么还没来?"

客人们都开始陆续到场了，但是半个小时过后也没见到李斯特·莫里斯与他同伴的身影。

"我得给他家里打个电话。"汤姆忧心忡忡地决定。

电话接通了，是莫里斯夫人接的电话，她似乎对于汤姆的来电感到很吃惊，说道："怎么回事，我丈夫今晚正在卡特顿的一个派对上演奏呢，你确定你跟他约的是今晚吗？"

"我确定。"汤姆回答道。

"请等一下，我去查看一下我丈夫的时间表，看看是不是有什么纰漏。"

过了一会，电话里再次传来莫里斯夫人的声音："斯威夫特先生，非常抱歉，但是你的名字确实不在李斯特的时间表上。"

汤姆挂掉电话之后，其他人能从他的表情上看出似乎出了点问题。

"她说什么？"巴德焦虑地问道。

"我们没有音乐了。"汤姆把莫里斯夫人的话告诉了他。

"但是你已经雇佣那个家伙了啊，而且我与桑迪还跟他的代理人谈过了啊！"巴德抗议道。

汤姆把整件事情拼凑到一起之后，意味深长地摇了摇脑袋，断言道："巴德，我现在能确定这整件事是一个骗局，恐怕从李斯特·莫里斯给我打的第一通电话开始，再到他打电话约我在这里见面，都是预谋好的。"

第十一章 广场舞会的骗局

汤姆继续说道:"由于第二个电话,他本人没有亲自赴约,所以他很可能躲过了敌人的伏击或是绑架。"

"谢天谢地!不过,那个鬼鬼祟祟的莱恩·昂格尔竟试图想要从我们这获取信息。"桑迪感叹道。

"但是你的敌人是怎么知道舞会的事呢?"菲利斯问道。

桑迪打了个响指说道:"我知道!菲利斯,我猜是在收到他们的邀请之后,我们在商场买裙子的时候,当时百货商店那么多人,任何人都可能听到我们讨论舞会的事。"

"尤其如果他是为了跟踪你们获取有用的情报。"汤姆同意地说道。

巴德这时拿出一条手帕擦了擦脸上的汗,紧张地说道:"兄弟,我们现在该怎么办?一屋子的客人却没有音乐!"

"朋友们,先别急!你们这里拖延一下时间,我会很快把事情处理好的!"乔兴奋地说道。

乔摘下他的厨师帽,立即跑向吉普车的停车地方,伴随着一声"轰隆",车子便出发了。

大家对于乔的做法都感到很困惑,但还是抱着一丝希望。汤姆、巴德与菲利斯三个人负责招待客人,而桑迪则跑去打电话。二十分钟后,乔跑回来了。

"嘿!他居然有小提琴!"巴德惊呼道。

乔登上舞台,只见这个又矮又胖的牛仔举起双手,大声喊道:"女士们,先生们,我们将以好看而又古老的星形舞作为开场舞!"

待每个人都站好之后,乔匆忙地调了下音。然后他用下巴夹住小提琴,脚下打着节拍,开始一首名为《稻草中的火鸡》的现场演奏。同时还对伴奏喊道:

"女孩儿们请站到中间,然后再退回去。

绅士们按星星状顺时针站好。

现在换手,转到另一面,

让我们一直这样跳下去。"

开场舞曲最终在一阵雷鸣般的掌声中结束。乔虽然累得满脸通红地喘息着,但是看得出来他很开心,而且接着又演奏了一曲。

半个小时后,桑迪召集一个高中的男孩舞团过来替换乔。

然而,这个精力旺盛的大厨却唱了一曲又一曲,用音乐证明他是今晚的主人公。乔的演奏获得的称赞要比他在休息时做的薯条和汉堡还要多。

"哦!乔呀,要是没有你的话,我们该怎么办?"桑迪说道,这个厨师只是笑了一下。

就在大家都在尽情地说笑的时候,突然舞池陷入一片黑暗。

菲利斯害怕得紧紧抓住她的护花使者,慌张地说道:"汤姆,这是你的敌人用来伤害你的另一个诡计!"

第十二章 侦查测试

"菲利斯,不要担心。只是灯丝烧坏了而已。"汤姆试图安抚这个受惊的女孩,说道。

但是汤姆自己却非常担心,因为不仅自己身处危险之中,还可能关乎他朋友们的安全。

虽然如此,他还是对着不安的人群大声说道:"大家都冷静下来!马上就会有电了!"

汤姆拉着菲利斯,摸索着向正门前行。

"先检查一下开关。"汤姆喃喃道。他用手在门旁边的墙上摸索着,找到金属板后边按下开关。

灯亮了!屋内又响起了一片欢呼雀跃的声音。巴德虽然高兴但却又很困惑,他留桑迪在一旁,走向汤姆,对他说:"怎么了?"

汤姆回:"我猜是有一些搞恶作剧的人把灯关掉了。"

巴德突然注意到一个穿着格子衬衫和蓝色牛仔裤的、又矮又胖的年轻人站在角落里。他正在尽量抑制自己的喜悦,但却笑得浑身发抖。

"这里有一个聪明的家伙！罗克·哈里曼！"

罗克在肖普顿高中足球队是一个明星前锋队员，以开玩笑和恶作剧而著名。巴德跑了过去。

"好吧！你就招了吧！"强壮的飞行员以玩笑般的语气，恶狠狠地大声说道。

"不要生气嘛！我是不会抵抗的。刚才灯全部熄灭时，你听到大家的尖叫声了吗？"罗克笑得喘不过气地说道。

汤姆也如释重负地笑了，提议道："菲利斯，再跟我跳一会舞如何？"

音乐再次响起，汤姆紧握着菲利斯的手，说道："虽然我不值得你这么做，但是真心感谢你对我的关心。"

菲利斯红着脸，也握紧汤姆的手，害羞地说道："对于我来说，你是值得的。"

在一晚上的尽情狂欢之后，晚会最终结束了。桑迪与菲利斯都分别对巴德和汤姆表示，她们对于两位男士忘记海滩派对这件事已经完全不生气了，这次的补救很成功。

"但是希望下次的约会不会太晚到来。"桑迪开玩笑地警告道。

"没问题，就这么定了。"巴德承诺道。

第二天早上，汤姆在工厂里见了哈伦·艾姆斯，并把打电话冒充李斯特·莫里斯的人编造阴险骗局的事告诉了哈伦。听

第十二章 侦查测试

过之后，哈伦承诺会调查此事。

哈伦补充说道："我会把关于莱恩·昂格尔的事告诉警察，如果他们找到他，那么对于我们破案将会有很大帮助。"

汤姆打电话给巴德、汉克·斯特林和亚弗·汉森，并告诉他们在垂直起降机的机棚见面。四人乘坐斯威夫特家的已经装载完毕等待起飞的旋转小鸭很快便来到费林岛。汤姆将要在这里进行他的反侦察潜水艇的测试工作。

"机长，我们要用哪种类型的潜水艇？"汉克在前往码头的路上问道。

"喷气式潜水艇。"汤姆回答道。

一个载着工程师和技术人员的卡车跟在吉普车后，车上装的是昨天汤姆与巴德组装好的设备。

到达码头后，汤姆把男人们都聚集在一个棚子上，并向他们展示了他的图纸，也解释了该如何进行"声呐消除"装置的操作。

"不要被复杂的图表所迷惑，其实基本理念很简单。我们吸收发射到船上的所有声呐脉冲，然后再把它们转换到船体的另一侧，不让声呐脉冲弹回到敌方潜水艇的声呐定位仪上，这样敌人就不能监视到我们的一举一动。"

汤姆继续说，多数的工作都是枯燥的细节活。潜水艇的船体上将装有几百个扩音器和音响，用他们来收集并且转换声呐脉冲。麦克风就是接收探头，而广播就是发射器。汤姆最后说道:"这些设备将由一艘船内的电子单元控制装置,我将操纵它。"

"汤姆,好主意!"亚弗·汉森赞赏地说道。

"但是安装这些变频器是很艰巨的工作吧?"其中一个技术人员说道。

汤姆点了点头,皱着眉头说道:"说得对,丹尼。如果这次试验成功的话,我认为就能解决日后的安装问题。"

汤姆解释:他已经开始研究一种能把变频器塑造成连续塑料薄膜的方式,这样便能以单独操作的方式应用到潜水艇的船身上。

"但是这次没有轻松的办法。"汤姆愧疚地笑着说道。

一艘喷气式潜水艇被吊起放入船坞内,一群工作船员进去操纵变频器。这次试验会成功吗?汤姆很好奇。他带着希望开始了组装电子控制装置的工作。

巴德在船上帮了一会忙,然后便从舱口下去看汤姆那边进展如何。

只见汤姆正在用电子焊枪安装微小的晶体管和其他零件,巴德说道:"要是让我记下这些电路,我会疯掉的。"

汤姆笑着回答道:"要是控制装置组装好了,就会很简单,只需一个开关跟一个测试电路就可以了。"

在疯狂地工作了一段时间后,工作终于在中午的时候完成了。汤姆亲自感谢了每一个人之后,大家便都去吃午饭了。

第十二章 侦查测试

午饭过后，汉克·斯特林问道："来一个检测试验怎么样？看看它到底是怎么工作的。"

"马上就开始，巴德，想驾驶这艘喷气式潜水艇吗？"汤姆说道。

"当然想啦！"

"那好，挑几个船员潜到水底。"汤姆拿出一张费林岛附近水域的水路图，并标记出测试区域，"你在这个区域内巡航一个小时，我们会在海洋猎犬上观察你的动态。"

"就像捉迷藏一样吗？"巴德笑着敬了一个礼，然后便离开去接手并重新发动这艘喷气式潜水艇。

巴德选择了梅尔·弗拉格勒跟另一个人作为船员。梅尔是一名有经验的喷气式潜水艇驾驶员，曾随汤姆到黄金之城一起探险，黄金之城是一片水下消失文明的遗迹，那也是汤姆用光谱海洋挑选器恢复古老建筑的地方。

汤姆、汉克与亚弗回到机场便马上乘潜水直升机起飞。飞机停在水面上，接着，他们潜入水中开始了海底检测试验。

汤姆亲自操控声呐定位仪，立即开始进行仔细的搜查工作。

"机长，获取到信号了吗？"汉克从海洋猎犬的操控位上呼叫汤姆。

"还没有，汉克，看来这个装置要比我预想的厉害很多。"

汤姆对于自己的发明感到很满意。然而，他说为了保证驾驶员的视线范围，海下潜水艇的一个透明窗格没有得到很好的保护，可能会遭到声呐的检测。

"但是我们稍微一操控，便能掩盖住那个角度，亚弗，试一下水中听音器，看你能不能听得到。"汤姆补充说道。

这个首席模型制作师戴上耳机开始认真听声音。大概又过了十分钟或十五分钟，他们仍然没有探测到任何关于"隐形"潜水艇的动静。

但是亚弗突然打了个响指对汤姆说道："机长，有动静了！"

汤姆接过水中测音器，很清楚地听到里面传来喷气潜艇的原子涡轮机所发出的微弱的"嗡嗡"声。随后汤姆指挥汉克朝着声音的方向前进，接着又命令他开启海洋猎犬上的强力搜索波。

光照射到黑暗的绿色水中，形成了一条路，只见正前方的喷气潜水艇正在他们的视野范围内滑行。

"机长，你的装置在躲避声呐方面还不错，但是也证明了还是能被敌人的窃听装置发现。"汉克说道。

汤姆没有灰心，他先命令汉克回基地等巴德，然后继续想解决潜水艇噪音问题的办法。

"兄弟，测试得怎么样？"巴德在汇报完潜水艇的情况之后，过了一会问道。

汤姆向巴德解释了测试的结果，并告诉他还需要一个能额外保护水下测音器的措施。接着汤姆又笑着说道："我似乎想到了一个简单的解决办法。"

"当然啦！你的头脑那么聪明，解决这点小问题简直是易如反掌，说吧。"巴德夸张地道。

汤姆开始说："很简单，我们永远也不能把一艘潜水艇的推进装置的噪音消除掉，也就是说我们必须把噪音掩盖掉——让它消失在海底的自然声音中。"

巴德抓了抓头，问道："怎么做呢？"

汤姆解释道："通过扩大海底的一切自然声音，把鱼和其他各种生活在海里的生物的声音扩大，在水下测音器中制造出一种背景噪音。"

巴德点了点头，汤姆继续说道："所以我们只需把音量提高，直到潜水艇的噪音消失或者'被排掉'为止。"

汤姆说只需一个简单的扩音设备就能解决问题。巴德、汉克和亚弗都对汤姆的这个办法感到很满意。

"干得漂亮，我们什么时候能进行测试？"巴德说道。

"要等我安装好扩音器。"汤姆承诺道。

不到两个小时，他们就再次潜入水中。金姆比·考克斯也加入到他们的队伍之中。巴德建议带上水肺，以防要修理转换器或是扩音装置。

这一次，喷气式潜水艇的测验很完美，成功地躲避了来自海洋猎犬的所有检测。汤姆回到基地，一想到终于解决了防检测的问题，心里就很高兴。但奇怪的是，喷气式潜水艇却没有

第十二章 侦查测试

回到水面。

"真奇怪,我们的测试工作在四点十五的时候就结束了,怎么巴德还没回来?"汤姆小声说道。

"可能巴德在其他地方上岸了。"亚弗猜测道。

呼叫了几次无线电话后,但仍没有回应。汤姆此时非常担心,于是便再次回到水下寻找巴德,但愿巴德这一次关掉了防检测装置,但是无论是声呐定位仪还是声波定向器,都没有信号。

汤姆、汉克与亚弗都担心地互相看了看。难道这艘喷气式潜水艇已经沉入海底了?还是莫名地被汤姆的新发明弄坏了呢?或者是巴德与他的船员们已经落在了敌人的手里?

第十三章 敌人派来的蛙人

其实，在测试的最后阶段，巴德已经做好准备回到水面，但是就当他要引爆压载箱的时候，突然听到梅尔·弗拉格勒发出警告。

"等等！船长，等一下！有人在我们船的右舷方向跟踪我们！"

巴德猛地回过头，惊讶地问道："是海洋猎犬吗？"

"不是，海洋猎犬已经回到水面了。虽然现在还不能确定，但是很有可能是另一艘潜水艇。"梅尔汇报道。

巴德把船交给金姆比·考克斯驾驶，然后自己冲到潜望镜处检测信号。"看来是在西方航道上逐渐驶离我们，距离这里大约3千米。"

他急忙带上水下测音器听了一会说道："没有检测到海上直升机，也没有喷气潜艇。"

"或许是海军潜艇？"金姆比道。

巴德耸了耸肩说道："让我们一探究竟。"他命令改变航

第十三章 敌人派来的蛙人

线,向右行驶,令喷气式潜水艇加速赶上那艘神秘的潜水艇。

过了一会儿他说道:"没错,果然是一艘潜水艇。"然后又开始听水下测音器里的动静。

"距离费林岛非常近,是吗?那里是政府禁区。"梅尔·弗拉格勒说道。

巴德点头笑着说道:"但是正好停在基地的声呐范围之外。"

这艘喷气式潜水艇平稳地停在了矿场里面,几分钟后,他们从船舱口模糊地看见那艘神秘的潜水艇就在他们的正前方。

"我确定它不是我所知道的海军潜水艇,可能是敌人派来的。"巴德说道。

"要是他们发现我们怎么办?"金姆比问道。

巴德笑了笑,补充说道:"怎么可能!兄弟,别忘了,我们有了反探测装置,他们是发现不了我们的,至少在我们不主动撞上他们或者他们也不主动撞上我们的情况下是不会被发现的。"

"或者除非他们有我们不知道的超级探测设备。"梅尔·弗拉格勒谨慎地说道。

正当他们谈话之时,这艘神秘潜水艇正平稳地驶向陆地,回声探测仪发出的声音表明潜水艇正沿着大陆架的一个坡垂直向水面行驶。

这时候他们能看见水中涌现出许多泡泡，这就意味着潜水艇正在引爆压载箱。待这个潜水艇浮出水面后，喷气式潜水艇紧随其后，巴德急忙去操控潜望镜。

"他们要去哪里？"梅尔紧张地问。

"目前还不清楚，但是舱口已经打开了。"突然巴德激动地说道，"天啊！他们放出两个蛙人！"

巴德的同伴们都被这个消息所震惊。

"间谍！"金姆比惊呼道。

"我们现在该怎么办？我们是不是应该通知海岸警卫队或者是调查局？"巴德的船员马克·艾弗里大声说道。

巴德的视线离开目镜，说道："我有一个办法！你们之中有谁敢跟我一起去抓间谍？"

三个人都愿意跟巴德一起去，最终巴德选梅尔·弗拉格勒与他同去，又从回声探测仪中看了一眼敌人的情况。

"潜水艇再次潜入水中。"巴德报告说，"这回我们就能看得更清晰了。金姆比，我们离开后，你就和马克一起观察它的动态，千万要小心，不要让他们发现你们！"

"收到！拿着这卷钢丝，用来捆绑间谍。"

巴德与梅尔急忙换上潜水服，戴上水肺，便从密封舱出去，进入冰凉的海水中，并开启离子推进装置。

"你能看到他们吗？"梅尔从扩音器中问道。

第十三章　敌人派来的蛙人

"还没有,我们要在他们完全消失前尽快加速!"

两个人都把离子推进装置调到最大速度,扫视着各个方向。

"在那里!"巴德指向远方两个依稀可见的微小身影,惊喊道。

"哇!他们可真没有浪费时间啊!"梅尔小声说道,"我们得跟上,不然他们马上就上岸了!"

突然一群黑鲈鱼游了过来,遮挡了两人的视线。待鱼游过去之后,巴德与梅尔看见两个蛙人向上游去并浮出水面。

巴德与梅尔紧随其后,前方是一片贫瘠的沙滩,上面有沙丘隆起,沙滩边缘覆盖一片树。

"看来他们是选择一个完美的地点偷偷登陆啊!"巴德心想。这边沙滩看起来一片荒芜,也没有一点人居住的迹象。

两个蛙人爬上岸后,巴德和梅尔很快便跟上了他们。两个入侵者回身发现跟在他们后面走在沙子上的脚步声时,感到很惊慌。

巴德与梅尔猛地向前飞奔,两人分别飞身上前把两个蛙人扑倒在地。四个人都倒在地上挣扎着,他们的胳膊和腿都紧紧地缠在一起。

这场战斗很激烈,但很快便结束了。巴德与梅尔以惊人的优势连续击打对方,很快就把他们给制服了。

巴德双腿骑在一个对手的胸膛上,用膝盖压住其双臂,并从腰带上解下他带来的钢丝。

"用钢丝把他们的手腕绑在一起!"巴德告诉梅尔说。

把两个蛙人牢牢捆住后,巴德与梅尔才允许两个人站了起来。两个蛙人都没有办法逃跑了。

"我的两个鬼鬼祟祟的朋友,现在告诉我吧!你们这次的观光旅行的真实目的到底是什么?"巴德厉声说道。

两个蛙人什么也没说,面对把他们抓住的人,他们都很激动,也很愤怒。

"看来他们的嘴是被封上了。"梅尔厌烦地说道。

巴德决定尝试用另一种方法使他们开口说话。"没关系,我们知道他们是米罗夫的同伙。"巴德漫不经心地说道。

听了巴德的话后,两个人都大吃一惊,就像是被什么东西给刺到了一样。巴德急忙趁热打铁,希望能从他们嘴里套出些话。

"正如我们所料!果真就是两个C国叛军!他们正常间谍的水平也就这样!"巴德怒骂道。

从这两个入侵者的眼神可以看出,他们很愤怒,但却依然保持沉默。然而,两个人却都对巴德和梅尔的水肺装置表现出浓厚的兴趣。

正当巴德考虑要怎么把抓到的两个人带到最近的警局时,突然一辆吉普车越过沙地出现在他的眼前。

"嘿!警察!"梅尔高兴地大喊。

第十三章 敌人派来的蛙人

"我们实在是太幸运了，这样他们就可以把这两个讨厌的家伙带走了。"巴德说道。

吉普车刹车滑出几米远，最终停下来，只见两个身穿警服的警官从车上下来。

"发生什么事了？"一个警服上有着军士级别条纹的警官问道。只见吉普车上还用白色油漆印着"海滩巡逻队"的字样。

"我们刚刚抓住两名C国蛙人，一艘潜水艇把他们送上岸，可能是他们派来的间谍或破坏者，他们不肯跟我们说话，或许你们把他们带到警局之后会有办法让他们开口说话。"巴德解释道。

这个吃惊的小警官用冷漠的眼神看了看被抓的两个人，问道："你们有什么要为自己辩解的吗？"没有听到任何回答，他便拿出手枪对准被抓的两个人，并对他的同伴说道："迈克，最好把钢丝拿掉，给他们戴上手铐。"

两个蛙人立马被无情地铐上手铐后，被塞到吉普车内。同时，这个警官又回头转向巴德与梅尔。

"你们俩也得跟我们走。"他命令道。

"但是我们没有时间啊。"巴德抗议说，"我们的潜水艇还在岸边等我们，我们为了追捕这艘潜水艇才把这两个家伙带到这里来的！我们是斯威夫特火箭基地的成员。"

"有任何证明吗？"这个小警官问道。

"我们穿成这样怎么可能有证明？"梅尔说道。

"我想也是，所以还是跟我们走一趟吧。"警官大声说道。

巴德与梅尔很不情愿地踏上汽车的脚踏板，紧紧靠在吉普车边，直至车行驶到沙滩附近的一个小镇。到达警局后，当地的警察局长负责审问他们。

"警官，如果你打电话到肖普顿的斯威夫特企业集团，联系斯威夫特先生或者是工厂安全部门的哈伦·艾姆斯，他们会为我们证明的。"巴德说道。

警察局长拿起电话拨通电话，很快斯威夫特先生就接起电话。他简单地向斯威夫特先生说明了情况，然后就把电话递给巴德，以便让这个科学家辨别巴德的声音。

"没错，是巴德·巴克利。他是我们最值得信赖的员工之一。"听了巴德的话之后，斯威夫特先生对这个警察局长说。

这个警官答应立即释放巴德和梅尔，但是在释放他们之前，他把巴德和梅尔带到两个蛙人受审的隔壁办公室内。

"他们招了吗？"警察局长问。

葛雷斯厌烦地摇了摇头说道："还没有，他们虽然承认是乘坐潜水艇来的，但是否认那个潜水艇还会来接他们。"

这个警察局长亲自向两个人提了几个问题，但是他们不是含糊其辞，就是根本避而不答。

"警官，听着，一旦他们说出关于那个离开的潜水艇的真

第十三章 敌人派来的蛙人

相,我们的喷气式潜水艇便能追赶上那个潜水艇。那也就意味着我与梅尔不能停留在此,所以在我们查清楚之前,能劳驾您的人员先在沙滩上等我们吗?"

"愿意效劳,你们两个已经辛苦工作了一天了。"警察局长回答道。

被抓的两个人被锁好并准备移交给调查局后,两个海滩巡逻员开车把巴德和梅尔送回到他们登陆的地方。就当吉普车拐上了通往海岸的一条土路时,巴德突然敏锐地发现一个潜伏在远处人影。

"请停车!"巴德拍了拍司机的肩膀说道。

车停下之后,巴德指向沙滩。他看见一个男人蹲在一个沙丘的后面,在他旁边还有一个大鱼篮。这个小警官感到很困惑,于是便拿出一副望远镜想要一探究竟。幸好,他们的吉普车被树挡住了,那个蹲着的男人根本没有意识到他已经被人发现了。

"篮子里装的是什么?可能会是衣服吗?"巴德问道。

"看起来很像。"这个警官一边说,一边把望远镜递给巴德。

简单地看了一下,巴德解释了他为什么会知道篮子里装的是衣服,他说:"我猜那个人拿着衣服在等那两个蛙人。他可能是来晚了,所以不知道他们已经被逮捕了!"

"他很快便会知道的。"这个警察司机笑着说道。就在他刚要启动吉普车准备出发时，巴德再次阻止了他。

"等一下！现在还不能证明他到这里的真正目的。"巴德指出。

巴德建议警察远距离观察他们的动静，而他与梅尔则身穿潜水装置去接近那个男人。巴德断言道："如果那个可疑的男人上钩了，那么我们就能从他身上获取机密了。"

"好主意，小伙子，快去吧！"这个小警官笑着说道。

巴德与梅尔穿过树林，绕了一大圈之后立即进入水中，然后装作他们好像刚登陆并试图寻找某人的样子，向沙滩走去。

让他们高兴的是，那个男人看见他们两人之后，马上就从沙丘后面站了起来并向他们打招呼。巴德与梅尔急忙向他跑去。

"你给我们准备衣服了吗？"巴德问道，"我们刚从潜艇中出来，才登陆。"

"当然准备好了，就在这里，还以为错过你们了呢！"这个男人用英语说道，听不出有任何口音。

"谢了，朋友，这就是我们想要知道的！"

巴德猛地将这个男人扑倒在地，并按在地面上，只见他吃惊地张着嘴。一会儿，两个警官冲过来用手铐将他铐住。

"嘿！这是要干吗？我什么都没做。只是今早接到一个电话说只要我在五点的时候来海滩送两套衣服给两名潜水员就会给我50元。"这个男人结结巴巴地说道。

第十三章 敌人派来的蛙人

"还是把你的话留给调查局吧!"这个小警官厉声说道。

警官带着他们的新抓的人离开后,巴德与梅尔会心一笑,然后便潜入海浪之中,向海域进发。

几分钟后,他们到达与他们的喷气式潜水艇的正确地点,但是却发现潜艇已经离开了。

第十四章　宣传闪电战

寻找巴德的喷气潜艇无果后，海洋猎犬返回到费林岛，汤姆十分担心。他的试验要以牺牲他最好朋友和其他船员的性命为代价吗？

"如果他们遭遇什么不测，我是绝对不会原谅我自己的！"汤姆心灰意冷地低声说道。

汉克·斯特林握住这个年轻发明家的手安慰地说道："机长，你知道巴德总是情绪高昂，他可能是坐上哪只疯狂的百灵鸟飞走了。"

"没错！他也可能去捕鲸了！"亚弗·汉森试图缓解一下阴郁的气氛，俏皮地说道。

汤姆的脸上勉强挤出一丝笑容，但是在回基地的路上，心情依然很沉重，他现在唯一的希望只能寄托在他们走后能收到来自喷气式潜水艇的无线电讯息。

海上直升机一停稳，汤姆就立即上岸。得知码头上的船员并没有收到任何消息，汤姆又与亚弗坐上吉普车迅速回到费林

第十四章 宣传闪电战

岛通讯中心,汉克则留在海洋猎犬上负责所有装置的运行工作。

汤姆和亚弗行驶在碎石路上,一路颠簸途经发射区域,能隐约看到巨型箭头载重火箭和巨大的宇宙飞船泰坦在天空中翱翔,汤姆的探月飞船挑战号与他的最新宇宙水手也都停在这里。

"要去通知海军进行搜寻吗?"他们到达交流大楼后,亚弗询问道。

汤姆点了点头并紧急刹车,说道:"也要通知海岸警卫队,他们能让通商航运的船只帮忙留意。"

就在他们匆忙进入办公室时,电话响了。

"找你的,时间刚刚好!"这个职员抬头看到汤姆说道。

汤姆拿起电话,只见他的脸上顿时露出笑容,说道:"巴德!你这个家伙!到底发生什么事了?"

此时,亚弗也松了口气,笑了。

"你的反探测装置非常好用,使我们能在海洋里'隐身'!"巴德笑着回答说。他接着又严肃地向汤姆汇报了他的喷气式潜水艇是如何追踪那艘神秘的入侵潜水艇以及他与梅尔是怎样抓住两个C国蛙人的事情。

"兄弟,干得漂亮!"汤姆大声说道。

巴德接着说:"但问题是,当我们再次戴上水肺想回到船上时,咱们的喷气式潜水艇却不见了!"

"可能是去追踪敌人的潜艇了。"汤姆推测说道。

"这也是我所希望的,但问题是我们的潜水艇没有武器,谁知道C国人到底想干什么呢?一旦他们发现我们的潜水艇,任何事都有可能发生,甚至会向我们的潜水艇发射导弹。"巴德不安地说道。

汤姆皱紧眉头,说:"我马上就组织搜寻工作,你从哪里打的电话?"

"沙滩的一个警察局。"

"好的,别着急,我会派一架直升机去接你。"汤姆承诺道。

"别忘了带些衣服过来,我跟梅尔都要冻死了。"巴德笑着补充说道。

"没问题!"汤姆挂掉电话,并向亚弗·汉森简单讲述了事情的经过。

然后,汤姆打电话给基地机场,命其派出一架直升机去接巴德。接着他又联系了最近的海岸巡逻站,还接通了W城海军总部的一个长途电话请求其帮助搜寻潜水艇,最后他与亚弗一起开吉普车又回到潜水艇码头。

一阵忙乱过后,汤姆给船员详述了船队搜寻工作的安排。突然,来自塔台操作员的一通电话打断了他的话。

"机长,我们的一架无人机发现一艘潜水艇正在靠近。"

第十四章 宣传闪电战

操作员报告说。

"在什么方向？"汤姆激动地问道。

操作员回："1—7—6方向。"汤姆刚想要挂电话，这个操作员急忙又补充说道："等一下！这艘潜艇是与我们的无线电关联的！好吧，这就是我们的潜水艇。"

汤姆从棚内冲出去，向大海南方看去。他能清楚地看到有一艘喷气式潜水艇浮出海面，加速朝潜艇码头驶来。过了一会儿，只见汤姆正在热情地与金姆比·考克斯和马克·艾弗里握手。

"巴德还好吗？"金姆比率先问道。

"还好！我刚接到他的电话。"汤姆回答道，"他与梅尔抓捕了敌人的两个蛙人和一个中途想要接应他们的人你们有什么情况吗？"

金姆比证实了巴德的猜想是正确的，他们是去追踪敌人的潜水艇了。

"我们知道巴德和梅尔他们自己能应对，我们想从潜水艇的航线判断出敌人的国籍，而且他们一旦试图进行任何破坏行为或者布雷活动的话，我们就可以通知海军。"金姆比解释说道。

金姆比又继续说，那艘神秘的潜水艇行驶到距离海岸15千米的地方与另一艘潜水艇会合。

"机长，还有情况！另一艘潜水艇是不可探测的！我们近距离观察了一下，却发现不能在声呐定位仪上获取与它相关的声脉冲。"马克·艾弗里说道。

"意料之中，显然那两个蛙人是C国人。"汤姆笑着说道。

金姆比说其中一个男人从不可探测潜水艇转移到他们一直跟踪的那艘潜水艇，然后第一艘潜水艇进入海中，越过大洋又回到基地总部，而另一艘则向南大西洋方向驶去。

"也许是返回到导弹丢失区域，至少我们找到了一条解决问题的出路了。"金姆比补充说。

"那两艘潜水艇都没有发现你吗？"汤姆问道。

金姆比狡黠地说道："要是他们已经发现我们的话，那么我们此时就不可能在这里了，但是我确定他们没有发现，反正没有任何迹象表明他们发现我们了。"

汤姆听闻这个消息后心里更加高兴了，这表明在这次试验中，他的反探测装置取得了成功，即使是在近距离范围内也没有问题。而且，如果第二艘潜水艇返回到南大西洋，那么就证明敌人也还没有准确定位到之前那枚有木星探测数据导弹的具体方位。

"你们简直可以被授予海军勋章，等咱们一起回到肖普顿，我一定请你们吃镇上最美味的牛排！"汤姆高兴地对金姆比和马克说。

离开基地之前，汤姆分别给海岸巡逻队和海军打了电话，

第十四章 宣传闪电战

告诉他们取消之前的搜寻请求。他也打电话给沃尔特上将,向他汇报有关敌人潜水艇的事情。

挂掉电话之后,汤姆决定进行下一步计划。他告诉汉克:"看来我们的反探测装置很成功,我认为我们应该马上将其投入使用,我们可以派一艘喷气式潜水艇去南大西洋获取敌人在那边的行动计划。"

汉克赞同汤姆的想法,于是便自告奋勇去准备关于喷气式潜水艇的计划,并决定今晚就从费林岛启程前往南大西洋。

"谢谢,有什么消息记得通知我们。"汤姆一边与汉克握手告别,一边说道。

在此期间,巴德与梅尔已经乘直升机到达基地。他们与同船船员以及汤姆、亚弗一起飞回肖普顿,并在镇上共进晚餐作为庆祝。

第二天一早,汤姆就在他的私人实验室内努力工作。巴德顺道看望他时,汤姆正在一边用计算尺轻敲脑门,一边皱着眉头在黑板上潦草地写着方程式。

"汤姆,现在还在忙什么?难道你从来都不让你的大脑休息吗?"巴德问道。

"哦,巴德,你好啊!我正在想办法破解C国的抗声呐系统。"汤姆环视了一周,心不在焉地说道。

"天啊!你都已经想出使我们自己潜水艇不被探测到的方法了,这还不够吗?"巴德坐在实验室的凳子上说道。

汤姆摇了摇头说:"如果我们想要了解那些鬼鬼祟祟的人的行踪的话,就不够,而且我认为我已经想出办法了。"

"怎么办?"

"到目前为止,我一直都在想改善我们自己搜寻声呐的办法,但现在想到一种新系统,新系统将会发送一种复杂的脉冲,也就是一种能发出很多和声的水下声波,而不是单一声调且尖锐的声脉冲,这会使他们的反探测装置无法吸收所有的声脉冲,而没有被吸收的声脉冲则会以回声的方式返回。我也打算改进一下我们的接收器,但是我还没有想出办法。"汤姆继续说道。

巴德点了点头,皱起眉头,表情专注:"然后呢?"

"然后我们的声呐就能获取所有零碎的信息,并通过计算机从反射中筛选出潜水艇的真正回声。"汤姆回。

"嘿!听起来真不错。"巴德说道。

汤姆突然笑了起来,说道:"没错,如果我能做到的话。"工作完成之后,汤姆还想利用他的反探测方法使水肺在水下探测行动中更加安全。他接着说:"巴德,要是到那时还没有找到木星探测器的话,那么我就会向海军申请独自进行搜寻工作。"

巴德对于可能进行的全新海下探险感到十分兴奋,他吹了声口哨,说:"兄弟,算我一个!"

不一会儿,两人就结束了短暂的对话,回到行政大楼与汤

第十四章 宣传闪电战

姆的爸爸一起吃午饭。

一看到两个人进入他的大型办公室内,斯威夫特先生马上笑着欢迎他们说:"孩子们,很高兴你们能过来一起吃饭!乔今天为我们准备了一顿丰盛的午餐。"

会议桌边摆了三个座位,被盖子盖住的美味铁板火腿与红薯就放在桌子附近的餐车里。

"嗯!乔做的饭菜就是香!"巴德闻了闻香味说。

汤姆在大家吃饭的时候打开可视电话的私人频道,听午间新闻。这个新闻播报员报道新闻时情绪很激动,常规广告时间到了,他也没住口。

他报道:"C国政府刚发生一起宣传突发事件!不到半小时以前,新闻报道中说他们的海军已经制作完成了一艘反探测潜艇!"

斯威夫特父子二人和巴德对于这个新闻播报员的话感到大吃一惊。

"不用我来告诉你这对于A国的安全来说意味着什么。"新闻播报员继续说道,"一旦敌人的潜水艇从我们的防护中偷偷进入A国境内,那么他们的导弹将没有任何预警就可能把A国摧毁!国防部可能随时会发布官方声明。"

巴德听后,大声说道:"遭遇卫星!"

斯威夫特先生点了点头说道:"这真是一个声势浩大的宣

传，但是我在想他们为什么选择在这个时间公布他们的秘密。"

汤姆若有所思地说道："爸爸，你猜他们是不是已经意识到我们已经知道他们的反声呐装置的事了？"

"很有可能，儿子，他们可能认为既然秘密已经被我们知道了，也就索性不惜任何代价给我们制造麻烦。"这个老科学家停顿了一下，皱着眉说，"或者他们是打算逼我们摊牌。"

"您的意思是他们希望我们自己暴露出我们是否拥有反探测装置吗？"在他爸爸点头回答他的问题时，汤姆皱着眉头说，"如果是这样的话，那么昨天的那艘潜艇很可能已经发现了我们的测试试验。"

这时电话响了，汤姆马上去接，打电话的人是《肖普顿晚报》的丹·帕金斯。

"汤姆，我知道你能猜到我打电话的目的，你们斯威夫特家来评论一下C国潜艇的事件怎么样？"这个编辑说道。

"我们觉得非常有趣。"汤姆客气地说，但却没有表现出任何明确的态度。为防止他提出更多的问题，汤姆急忙挂掉了电话。

斯威夫特先生对于汤姆保持沉默的态度表示很赞同。但是紧接着电话铃声再次响起，还有来自其他报社和通讯社的电话。汤姆匆忙简短地做出了回应之后，其他打来电话的人则由特伦特小姐负责给出大概说法。

"也许这是一个向你们同伴做出私人回应的好时机,你们还记得我告诉你们辛普森医生从太空植物中分离出的维生素吗?我们现在已经发现这种维生素能使人体适应水下环境,并能使人永远生活在水下,医生正在把这种维生素制成胶囊。"斯威夫特先生的眼睛闪着光,对他们说。

汤姆与巴德都对这个好消息感到非常高兴。

"爸爸,你已经帮我解决了我们在寻找丢失导弹工作中存在的最大问题!"汤姆高声说道。

第十五章 山中徒步

"爸爸,在服下一定量的太空维生素后,潜水员就能穿着我发明的水肺在海下进行任何工作!"汤姆惊呼道,"潜水员就不会受到任何反渗透物质对身体的危害。"

他爸爸点点头说:"这是人类第一次真正成为海洋生物!"

"哇!想想看!"巴德兴奋地大声说道,"汤姆有了水肺再加上一把刀的话,就可以去寻找食物了,这样他就能在海洋中很好地生活了。"

"那也不是不可能,巴德。"汤姆的眼睛透露出对科技新领域征服的想法,"爸爸和辛普森医生的这个发现带来了很多令人惊叹的可能性。"

在这个最重要的时刻,维生素能在实施搜索与木星探测器的挖掘操作方面起到很大的推动作用。

汤姆热情高涨地返回实验室,继续投身于声呐装置的工作。在他看来,他已经把它命名为"声呐质量分析器"了,因为这更能恰当地描述它的功能。

"呃，让我想想。"汤姆手里拿着一支铅笔，在工作台上沉思，"除了一副常规的声呐望远镜，我还需要至少三套装置组元件。"

首先，他需要一台振荡器来产生复杂的脉搏跳动，然后，需要一台示波器检查脉搏是否正常，最后，也是最重要的，一台相关性计算器。

这套装置会用返回的回声比较原来的脉搏跳动，若回声高达"接受值的标准"，也就是，它的值很接近原有脉搏跳动值，它就会在屏幕上显示正常形态。若返回的回声模糊或"影子回声"出现，这些就会被分散，在屏幕上显示红色。

"哎！"当汤姆意识到这个复杂的电路设计工作就摆在面前，他感叹了一声，"看来肯定要熬夜了！"

汤姆疯狂地工作了一整个下午，意识到已经是吃晚饭的时间，于是他打电话告诉妈妈他还要在实验室里继续工作。

急匆匆地吃完饭后，他继续在绘图板进行工作，到了午夜时分，他终于完成了声呐质量分析器的设计。

汤姆迅速摘下眼罩，走到隔壁房间，打算补几个小时的觉。但是，与往常一样，每当一个激动人心的新项目做到一半的时候，他就会激动到失眠。

快要天亮的时候，汤姆回到工作台准备开始装配他的新声呐装置的元件。

过了一会儿，他打电话给乔，当他的厨师带着他的命令过来时，汤姆才停下来吃东西。

"给我一个太阳能烟囱！"乔斥责道，"要按时吃饭，头儿！"

"嗯？哦，好的。"汤姆抬头看看他，咧开嘴笑了。

听到汤姆的回答，这个矮胖的老人这才无奈地摇了摇头。

早上的安静景象告诉汤姆他已经工作到第二天了。此时汤姆已经昏昏欲睡，终于，他忍不住趴在桌子上小憩了一会儿。

汤姆知道，下一件事就是要在斯威夫特企业集团的上空飞翔。

从高空俯瞰，下面的蓝色卡罗帕湖就是一小小的蓝色水潭，而肖普顿镇从远处看也几乎就是一个玩具建筑群。

"天啊！"汤姆大声尖叫，"是什么让我一直上升呢？"

汤姆就这样自由地在空中飘浮着，没有任何飞行器的辅助，甚至没有斥力装置的帮助！

这个发现引发了灾难，就像一个动画片里的主人公一样，现在的他知道自己孤立无援。汤姆突然向下急速降落，就这样一直下降，一下子扎进了湖里。

砰！

汤姆一边大叫着一边颤抖，全身湿透了，像小狗一样甩了甩头。

又一声"砰"！汤姆定睛一看，他发现自己就在实验室工作台上。只见乔正站在他面前，手持着半桶水，准备再泼他一次！

"嘿！停下！"汤姆大喊着坐了起来。然后，他便看见乔脸上无辜的表情，他突然大笑起来说道："好吧，放松点，老人家！我刚是在做梦。"

"尝尝蛇油吧！"乔说道，"你脸色苍白，你一定被我吓到了吧，汤姆！但是我怎么也叫不醒你！"厨师担心地继续说道："你现在需要的就是一份美味的牛排和一些阳光，我看你是在水下待太长时间了。"

"那当然是越多越好啊！"汤姆一边用毛巾把自己擦干，一边笑着说道。

牛排配上金黄色的炸脆薯条已经在乔的餐车上摆好了。汤姆狼吞虎咽地吃起来，胖厨师悄悄离开，去准备接下来的菜品。

乔回到厨房后，用墙上的电话给正在机场的巴德打了个电话，轻松交谈后，他挂了电话，然后满意地笑了。

一点钟的时候，巴德突然闯进汤姆的实验室内，大声说道："机长！有人过来陪你了！"

汤姆惊讶地抬头看他。

"嗒哒哒哒哒！"巴德模仿小号的声音大喊道。

只见桑迪和菲利斯微笑着走进来了。

"天啊,这真是惊喜啊!"汤姆一边起身去迎接她们,一边说道,"真是惊喜,但是这是什么情况?"

"情况就是你要和我们一起去山里徒步,感受外面美好的阳光和新鲜的空气!"桑迪告诉他。

"请不要拒绝我们,我们完全是为了你好。"菲利斯边说边咯咯地笑着。

"我猜想是乔让你们这样做的吧。"汤姆笑着说。

"你先别管是谁了,安静地跟我们走就行,今天天气非常好。"桑迪坚决地说。

汤姆瞥了一眼散在工作台上的图纸和电子声呐,同意了。他说:"那好吧,既然你们非要拉着我去,正好也让我的大脑清醒一下。"

"这就对了。"巴德拍拍汤姆的后背说道。然后便把他推向两个女生,她们赶紧拽住他的胳膊,生怕他又改变主意。

不巧的是,出门前,电话突然响了,虽然两个女生很不想让汤姆去接电话,但是汤姆坚持要接。

"我是汤姆·斯威夫特。"

电话那端说道:"汤姆,我是斯莱特,迪米特里·米罗夫说想见你。我也不知道是什么事,我猜他可能会告诉你一些重要的事。你能过来一趟吗?"

"当然,长官,马上就到!"汤姆挂了电话,一想到米罗

夫要告诉他一个秘密,他就激动万分。他向朋友们询问道:"介意先去一趟警察局吗?"

几分钟之后,巴德的红色敞篷车在一栋灰石建筑前停下。汤姆跳下车,健步跨上花岗岩石台阶。

斯莱特长官在带汤姆去见米罗夫的路上说道:"我已经安排他到一个单人小屋了,没有旁人在,他说话会更自在。"

然而,这个罪犯并没有对汤姆的到来表现出多么强烈的渴望。

当汤姆拖着一把椅子走进屋子时,只见他依然慵懒地躺在床铺上,唯一的反应就只是轻轻抿了一下嘴而已。

斯莱特长官离开后,米罗夫问道:"你听说我们国家的新型潜水艇了吧?"

汤姆轻轻点了点头。

米罗夫接着又狡猾地问道:"你准备什么时候造一艘啊?"

汤姆打断他说:"你要求见我,现在我来了,你到底想说什么?"

米罗夫嘲弄地耸耸肩。

他漫不经心地回答道:"我想跟你做个交易,我知道关于那艘潜水艇的秘密,只要你把我和我的朋友放了,我就告诉你。"

汤姆根本没想过要把他们放了，但是他希望利用米罗夫这个提议，套出米罗夫更多话。然而，这个囚犯却不想再多说了。

最后，汤姆放弃了，起身准备离开时，说："我会考虑你的提议的。"

他走后便听到米罗夫的窃笑声。带着困惑，汤姆告诉斯莱特长官他们的谈话内容，然后打电话通知工厂的哈伦。

随后汤姆立即回到车里，巴德认真地听他叙述刚发生的事情。

"你认为他的消息可靠吗？"

在他们前往乡下的路上，汤姆耸了耸肩说道："也许是我多心了，但是我觉得整件事很可疑。"

桑迪严肃地说："听着！如果我们是要去徒步旅行的话，那就不要再讨论这件事，也不能讨论你的发明，更不能谈论关于那个丢失导弹的事。从现在开始，谁违反这个规定，就罚他五分钱！"

虽然两位男士都笑着同意了，但是说起来容易，做起来却很难。汤姆与巴德总是不经意地谈论起他们的潜水艇实验或者就是在南大西洋的搜寻工作。

当他们把车停在山里之后，爬山的时候，桑迪和菲儿的口袋里已经装满硬币了。

巴德开着玩笑问道："你们准备带着这些硬币爬山吗？"

突然响起一个陌生的声音："把钱给我们！"

四个年轻人惊讶地转过身,发现两个男人从他们后面的灌木丛中跳了出来。

两个人手里都拿着枪!

第十六章　意外遭遇持枪人

桑迪和菲利斯都被这两个人的突然出现给吓坏了，这两个人面相凶狠，手里都握着手枪，而汤姆与巴德则保持冷静，警惕地观察着他们的动向。

汤姆问道："有什么事吗？"

高个子的男人咆哮道："闭嘴，举起手来。"两位男士都照做了，只听高个子男人对自己的同伙小声说道："你负责看着这两个废物，马克斯，我负责拿钱！"

"好的，帕基，我来看住他们！"

桑迪和菲利斯的兜儿都被掏空了，然后，帕基拿走了汤姆和巴德的钱包和零钱。

帕基大喊道："现在都转过去，往前走！"

巴德走在最前面，后面跟着两个女生，汤姆则走在最后面。他们脚步沉重，走在异常寂静、灌木丛生的山坡上。这时候，树丛里一个破旧不堪的小木屋映入眼帘。

汤姆问道："你要把我们关在这儿？"

第十六章 意外遭遇持枪人

帕基回答道:"一会儿你就知道了!我们会让你知道得罪米罗夫一家的后果!"

米罗夫一家!就像零散的拼图终于找到各自的位置一样,现在汤姆完全明白了这次被捕事件的前因后果了。

原来迪米特里·米罗夫从监狱里打的电话只是个幌子,目的是让汤姆离开企业集团,这样两个土匪便有机会跟踪他,而他们也正好利用了这次巴德与两个女生所安排的山间徒步!汤姆估量了一下当前的局势,试图找个机会逃跑,但是就在这时,绑架他们的人到了小木屋。

汤姆为拖延时间,于是便问绑架他们的人:"开个条件吧,怎么样才能放了我们?"

名叫帕基的那个人露出丑陋的笑容,说道:"条件还没想好呢,我们可能会点火把房子烧掉。"

听了他的话后,桑迪倒吸一口凉气,菲利斯也吓得脸色惨白,而帕基则告诉他的同伙马克斯锁门,马克斯向门口走去。

此时,汤姆与巴德彼此交换了一下眼神。要么冲出去,要么就是死路一条!

汤姆转身用力将拳头挥向了帕基的手腕,枪从他的手里掉了下来,而巴德也猛地扑向马克斯。

矮个子强盗毫无防备,在一阵拳打脚踢下,忽然没站稳倒下了,巴德则把他按在地下,抓住他的手腕,毫不留情地捆住他。

马克斯痛苦地叫道："放……放开我！"

巴德厉声说道："先放下你的枪！"

与此同时，汤姆在一开始对强盗心口的一阵狂打时占据上风，这使帕基喘不过气来，但是一阵挣扎过后却给了汤姆几拳，正中要害，使汤姆踉跄后退了几步。

就在汤姆跌跌撞撞向后退时，帕基扑向他的枪。尽管汤姆已经精疲力竭，但还是把枪踢到远处。在帕基站起来之前，汤姆一个直冲下巴的上勾拳彻底把他击倒了。

帕基如一棵被砍倒的树一般，倒在了地上！

汤姆在倒在地上呻吟的敌人伸手之前把枪拾起。这时，巴德已经把他的敌人打得跪地求饶了。一会儿，只见两个暴徒靠着小木屋的墙边站在一起，他们的手腕在身后被腰带紧紧地捆住。

"哦——谢天谢地！"桑迪大喊。

汤姆笑了笑，安慰地问道："你们还好吧？"

"还——还好。"菲利斯露出一丝紧张的笑容。

局势已经扭转，现在轮到强盗们"往前走"了。他们谨慎地把这两个人带到路边的山坡下，那是巴德停车的地方。桑迪和菲利斯紧紧地跟在后面。

在斯威夫特工作的重要员工的车上都配置了双向短波收音机，巴德的车也不例外。汤姆打开收音机，给肖普顿警察局发出无线电信息，斯莱特长官答应立刻派一个小队来接应他们。

第十六章 意外遭遇持枪人

几分钟后，他们就听见车驶来的声音。只见两个强壮的警察踩下刹车，跳下车，然后把强盗带走了，能看出两个强盗表情痛苦、又有些生气，他们就这样被警察开车带去监狱了。

巴德开玩笑地说道："那现在我们开始轻松愉快的徒步旅行，怎么样？"

菲利斯叹了一口气说道："恐怕我们在一起是离不开发明和冒险了。"

桑迪补充道："我建议还是回家好好吃顿晚饭吧，那样会安全些。"

回到斯威夫特家后不久，汤姆接到斯莱特长官的电话。他说那两个强盗是邻近城市臭名远扬的流氓。

斯莱特继续说道："他们说是被人雇佣的，而雇佣他们的人则是在昨晚给他们打电话的一个有口音的陌生人。他们声称从来都没见过那个人的模样，也不知道他是特工。"

汤姆同意道："听起来很有道理，通过雇佣几个廉价的枪手而令他们整个计划与机密被泄露，这的确不像米罗夫手下的行事风格。"

斯莱特长官还说到莱恩·昂格尔还未抓捕归案，接着补充说道："但是调查局可能很快就会找到他。"

"但愿如此。"汤姆说道。

事实证明十个小时的睡眠是最好的补品。汤姆第二天早上醒来后感觉神清气爽，一顿美味的早餐过后，他便立即奔向工

厂，再次投入到分析声呐的工作中了。

很多电路部分的工作都分配给电子部门了。汤姆则负责在他的私人实验室内完成电路板与组件工作，由他亲自组装最重要的部分。

中午，在汤姆吃着一碗辣椒饼干时，突然又想到另一个问题："我们还需要一个不可探测的潜水艇来检测我的分析器，这就意味着装置传感器的重置工作。天哪！我最好赶紧做好那个塑料外壳。"

他快速吃完午饭，给亚弗·汉森打了通电话，得知他到实验室已有一会儿了。

"还记得我和丹尼说的那个想法吗？就是把所有的传感器都塑形成一张张连续的塑料薄板。"亚弗点点头，汤姆继续说道，"咱们试试利用托马塞特塑料制作。"

汤姆抓起一支铅笔，快速写出步骤，利用紧密的机器间隔的传播和接收传感器和最小量清除的特点，塑料外壳能更好地吸收声呐声脉冲。

"所有传感器的管道都可以做成一个扁平的袋子。"汤姆说道，"这样就能使内部的电子控制元件更容易钩住。"

"知道了，机长。"亚弗说道，"可能要塑料部门开始熬夜工作，但是我们应该能在周二把薄板碾平。"

"太棒了，亚弗！谢谢你！"

周二上午，汤姆已经完成了他的质量分析声呐，并向巴德演示了这台装置如何运行。

"天哪！这个看起来要比你解释得简单，教授！"巴德崇拜地说道，"我们什么时候进行试验？"

"这个要取决于亚弗。"汤姆回答道，然后他给塑料部门打了电话。令他高兴的是，大量外壳已经碾平，亚弗承诺说中午之前就能制作出足够覆盖多艘喷气式潜水艇的外壳。

"做得太好了！"汤姆说道，"准备完毕就可以在货物飞机库发射了！"

午饭过后，汤姆、巴德和亚弗飞到费林岛。他们在基地降落之后，在亚弗的监督下，带有无数个微型"话筒"与"扩音器"的塑料外壳迅速地被安装到喷气式潜水艇上。与此同时，汤姆负责给控制元件装电线，并在海洋猎犬内安装分析声呐。

汤姆笑着问巴德说："还想再来一次海下捉迷藏游戏吗？"

"没问题，但是不要用鱼雷跟踪我！"

几分钟后，巴德与其他两个船员一起乘潜艇潜到一定深度，汤姆和亚弗则在海洋直升机内紧随其后。质量分析声呐的工作状态比他设想的更好，不仅能在外部跟踪喷气式潜水艇的路径，还能在切断分析器后很长时间后给巴德进行三次不同位置的定位。

"想去南大西洋支援汉克吗？"在返程的路上，汤姆问巴德。

巴德兴奋地大喊："当然！"

"等你的潜水艇准备好之后，就可以出发了。我稍后会加入你。但是现在……"汤姆神秘地说，"我还有另一项工作要做。"

第十七章　消失不见的腕表

巴德立即好奇地问道:"不要告诉我你又想出一种可以用来迷惑C国人的新型海上套管?"

汤姆笑着说道:"大致想法就是这样。我希望能给使用水肺的潜水员以保护,就像你的喷气式潜水艇那样。"

"你的意思是让潜水员也能在声呐定位仪中隐身?"

"没错,而且我还要给他们每个人都安装一个间谍齿轮,以便探测周围的水域并监视'不可探测的'敌人。"汤姆回答道。

巴德打了个响指,兴奋地说道:"就这么做,机长,我不得不说你简直是一个魔术师!"

汤姆亲自把海洋猎犬上的分析器转移到巴德的喷气式潜水艇内。这样一旦有机会就能在更深的水中进行操作,也有利于搜寻丢失的导弹,或者是追踪敌人。

同时,汤姆还让亚弗·汉森利用他的新发明操控海洋猎犬和另一架海上直升机。

第十七章 消失不见的腕表

此外还有四名船员自愿参加此次航行。在喷气式潜水艇一切准备就绪后,汤姆与巴德两人紧紧地握了握手。

"祝你成功!"

"谢谢你,汤姆。"

汤姆朝着巴德远去的方向挥手告别,直至巴德进入船舱。

船潜入水中后,汤姆便准备回肖普顿。那天晚上,正当斯威夫特一家人安静地享用晚餐时,突然一阵大音量的"嗡嗡"声打断了他们在餐桌上的对话。

"哦!是防盗报警器!"桑迪紧张地说道。

斯威夫特家的房子与其附近土地都由一个秘密的磁场所保护,任何冲破障碍的入侵者都会触动自动警报系统。为避免触发警报,斯威夫特的家人和他们亲近的朋友都会佩戴一个内附微型中和器线圈的腕表。

"我去看看是谁。"汤姆说完,带着一种恐惧不安的心情,急忙向门口跑去。

这一次会是来自C国特工的攻击吗?

汤姆打开门廊灯,好奇地从门上的玻璃孔中向外面看去。他看到一个没戴帽子、身穿深色西装的高个子男人向台阶走来,如释重负地笑了笑。

是哈伦·艾姆斯!

"嗨!哈伦!我们听到是你来了!"没等哈伦按门铃,汤姆就把门打开了,说道。

这个警卫科长意识到自己触动了警报系统时，感到很吃惊。

"这太奇怪了，汤姆我想知道是不是——"哈伦不安地说道。

他突然停下迅速地看了眼他的手腕，只见他原本轻松的表情转变成愤怒。

"原来如此！我忘记戴腕表了！"他小声喃喃道，"实在是太久没来你家了，所以就忘记戴了。"

斯威夫特一家人终于都放松下来，然后斯威夫特夫人邀请哈伦过来跟他们一起吃甜点，但是他却委婉地回绝了。

"谢谢，不过我刚吃完晚饭，我还顺便去了——"他解释道。

哈伦又一次在话说到一半的时候，声音突然变小，他把手伸到大衣两侧的口袋。

"我的手镯！"他着急地喊道，"不见啦！"

"你确定吗？"汤姆急忙关心地问道。

哈伦迅速地把身上所有的口袋都翻了一遍之后，点了点头。

他说的电子手镯是掌管所有使用私人通道的企业集团员工及其亲人的关键，手镯内部含有腕表，其目的是为限制雷达脉冲，这也能防止光点出现在主建筑的巨型探测器的雷达显示屏上，雷达示波器是用来识别外来人员或间谍的。

第十七章　消失不见的腕表

"今天下午，我的手镯坏掉了，我便把它放进口袋里，打算去修理一下，现在却不见了！"哈伦说道。

汤姆拿起手电筒，冲到外边，急忙在哈伦来的路上寻找，哈伦则跟出来，在他的黑色轿车里寻找，但到处都不见手镯的踪影。

"你今天在离开工厂之后回家了吗？"汤姆问道。

哈伦摇了摇头焦虑地说道："没有，但是我去过一个饭店，介意我用一下你的电话吗？"

"尽管用。"

哈伦打电话回企业集团让他的助理弗尔·拉德诺仔细地找一下，此时费尔正在值夜班。

在等待他助理回复期间，哈伦也给饭店打了个电话，但是没有任何发现。

半个小时过后，拉德诺打电话回来说并没有找到。"哈伦，手镯虽然没有找到，但是我会警告工厂的门卫提防擅自闯入者。"拉德诺说道。

"谢谢你，费尔。"哈伦挂掉电话之后，转过脸，只见他表情尴尬，小声说道，"身为企业集团安保主任，我真是太大意了，但愿手镯没有被盗。"

斯威夫特父子和哈伦向斯威夫特夫人、桑迪打了声招呼，便来到书房讨论哈伦带来的消息。

"今晚我接到沃尔特上将打来的电话，他说海军部队已经对于导弹的搜索工作感到绝望，他们已经准备好接受你做的决定。汤姆，我猜你已经准备好实施单独搜索计划了吧？"哈伦说道。

汤姆点点头说道："没错，只要完成我需要的所有装置，希望时间不会太长。"

哈伦不开心地补充："很多报纸与新闻评论员都在内部把斯威夫特的失败与C国潜水艇的成功作对比。"

"我相信汤姆手头的工作进行得很好。"斯威夫特先生笑着说道。

汤姆向哈伦讲述了自己发明的潜水艇能在水下探测"隐形潜艇"。

哈伦听到这个消息感到十分开心，甚至比他听到声呐质量分析器测试的成功都高兴。

"巴德正乘着装备好的喷气式潜水艇在前往南大西洋的路上。"汤姆最后说道。

第二天早上，汤姆就开始忙着在他的电子水肺上增加声呐保护与声呐探测装置。汤姆心想："如果他的这个项目成功的话，那么戴上这套装置的人就会像鱼一般在水里自由自在地穿梭！"

潜水员能在水中以喷气推进式的速度任意进行操控，同时还能对敌人"隐身"，还能秘密监视任何敌人的水下徘徊者，包括所谓的"不可探测的"潜水艇。

一想到摆在眼前的困难，汤姆就狡黠地笑道："看来巴德

在说需要一个魔术师才能解决所有问题的时候，真的不是在开玩笑！"

佩戴者除了需要面罩、电子水肺装置、密度控制器和离子推进器以外，至少还需要三个主要物品。

第一个是带有电子控制规避声呐的设备，第二个是扩音设备，用来掩盖佩戴者在水下的噪音，第三个则是一个轻便的声呐质量分析器。

"呦！就连一个微小的工作也会令我的头剧烈疼痛！我最好还是先用亚弗生产的塑料模型制造一套潜水服。"汤姆自言自语道。

汤姆利用塑料部门送来的植入传感器制作一些托马塞特外壳后，按照模型裁剪出一套衣服的形状并用电焊焊接好。他刚把控制装置的线路连接好，就看到乔推着午餐车进来了。

"今天的午餐是牛肉腰花馅饼。"这个厨师一边说，一边把午饭摆好。

"好的。"汤姆心不在焉地说道。

乔皱了下眉头，但是并没有打扰汤姆，就离开了。

二十分钟过后，这个厨师又一次来到实验室，但只是在门口探了一下头，却发现汤姆根本没有吃午餐。

"补充下体力吧，头儿，快点吃饭！"

"马上，乔。"

然而，这一次汤姆因全神贯注在为分析器的计算机电路组装一些巨型整块，所以还是没吃午餐。当乔第三次来到实验室时，汤姆被他说的话惊到了。

"不许再继续工作了，牛仔，吃饭！"

乔意识到汤姆的食物已经凉了，又带来了另一份刚从微波炉里出来的热乎乎的食物。看见乔脸上严肃的表情，汤姆突然大笑起来，并乖乖地按照乔的吩咐吃了饭。

"我郑重声明！如果下次你再这样不重视自己的身体，我就会喂你吃饭！"乔窃笑道。

"不好意思，老人家，我想有的时候我就是太专注于工作了。"汤姆笑道。

汤姆连续数小时都忙碌在工作台上，一会儿弄弄精密的电子装置，一会纠结于电路设计上令人棘手的问题。汤姆从试验站回到家已经是半夜，而第二天一早他又回到实验室工作。

午饭时间，汤姆完成了所有设备的安装工作，当他带着随身用具试穿塑料潜水服时，乔再次出现了。

"我的天呀！但是我希望你不要穿那身装备潜水！头儿，你看起来像一棵圣诞树！"这个厨师激动地说道。

汤姆闷闷不乐地说道："乔，你知道吗？你说的刚好就是我所想的。"汤姆卸下装有各种电子装置和烦琐电线的装备。

穿着这身装备即使在实验室内走几步，汤姆都会觉得这

第十七章 消失不见的腕表

个设计很笨重。

"在水下要是穿成这样的话,应该不是被水草给缠住,就是因超重而沉入水底。"汤姆喃喃道。

汤姆换回了宽松的裤子和T恤衫。

乔就在他身边走来走去,汤姆不得不吃起了饭,但却心不在焉。

"如果鱼能开口说话的话,我猜你的那身装备会把它们吓哭!"乔试图想让汤姆高兴起来,说道。

"鱼的确能说话,至少能制造噪音,难道你不记得我们用过的紧急鱼的谈话暗号了吗?当我们在——"这个年轻的发明家说道。

突然汤姆停了一下,嘴样还张着:"乔!你刚帮我解决了我的问题!"

"我有吗?"乔瞪着这个年轻的发明家问道。

"当然!"汤姆立即从凳子上站了起来,开始来回踱步。他说,"现在,以海豚为例,他们能发出各种声音,如咕哝声、尖叫声、张合下巴的声音,还有一种特别有特点的声音,就像是生锈门轴发出的那种刺耳的声音。"

乔抓了抓下巴,不确定地问道:"但是那又能怎么样呢?"

"假设我能用生锈门轴的噪音把潜水员的噪声掩盖住,那么我也能制造出同样的声音作为我的声呐质量分析器的搜索脉冲！"汤姆转过身，用手指在空中戳了一下说道。

这样汤姆就能减少这个体积庞大的设备的一部分重量，同时也能使潜水员更好地在水中"隐身"。

此时汤姆热情洋溢，他决定立即去买一只活海豚，并对海豚发出的声音做一个准确的记录。他一吃完饭，便给海洋物种的供应商打了很多电话，但是没有一个供应商能在短时间内给汤姆提供一只海豚。

"看来我只能自己去找一只海豚啦！"汤姆对乔说道。

汤姆开车来到机场后，乘旋转小鸭飞到了费林岛。

在汤姆告诉基地里的梅尔·弗拉格勒和金姆比·考克斯关于他的想法后，他们二人都迫不及待地想要跟汤姆同行。

汤姆选择速度最快的"海洋猎犬"作为前往目的地的交通工具。在梅尔与金姆比的帮助下，他很快便在船的艉舱装好一个塑料"水箱"。过了一会儿，海上直升机便向空中急速上升，向F群岛飞去。

由于一路上以超音速行驶，只飞了很短的时间。汤姆选择一片开阔水面上延伸出来的波光粼粼的水域停了下来，大约距离一座长满绿色棕榈树的小岛1500米左右。

金姆比同意留在船上看管船只，而汤姆与梅尔则戴上水肺潜入水中。

两个人潜到透明蓝色的深度，保持着近距离。海里到处都

是五颜六色、成群结队的鱼,它们在珊瑚之间穿梭。就在汤姆改变方向要与梅尔会合时,突然他惊恐地睁大了双眼。

一条长相凶狠的鲨鱼就停在了他朋友的身后!

"小心!"汤姆冲着扩音器大声喊道。

第十八章 海豚"笑脸"

梅尔及时转过身,只见鲨鱼如海底快速列车般向他展开攻击。梅尔尽量克服内心的恐慌,加速离子推进器以躲避鲨鱼的攻击。

此时,汤姆正极度担忧地看着梅尔,只见鲨鱼朝着梅尔的手臂一口咬去,其锋利的牙齿险些咬到梅尔。

从汤姆的耳机里能听见梅尔劫后重生的喘息声。为尽快远离这个"人类杀手",他大声喊道:"我们赶快离开这里!"

突然,汤姆意识到他们此时面临最大的危险,就是在他们和海洋猎犬之间的水域中,有一片又长又大的珊瑚礁,除非他们能及时绕过珊瑚礁,否则鲨鱼就会捉住他们!

"快点!这边!"汤姆惊呼道。

此时的鲨鱼正以闪电般的速度移动,仿佛知道这两个人打算逃跑,它迅速向前阻挡他们。

"看来我们是跑不掉了!必须得拼一下了!"汤姆大声喊道。

第十八章 海豚"笑脸"

两个潜水员手里都拿出潜水专用刀防身，随时准备应对这只海底猛兽的袭击。

这次鲨鱼宽阔可怕的头直接向汤姆袭来，汤姆向右加速，但是这个怪物立即察觉到了汤姆的动向，鲨鱼的尾巴扫到梅尔，顿时梅尔感到头晕目眩。

就在鲨鱼张口咬梅尔时，汤姆立即游到它的下方，用刀砍向鱼的腹部。

鲨鱼疯狂地击打着水，汤姆以闪电般的速度躲开了来自鲨鱼尾巴的致命一击。就这样，他们二人一次又一次地避开鲨鱼鳍部的恐怖攻击。待梅尔恢复了体力，于是两个人再次向鲨鱼柔软的腹下用力戳去。

最后鲨鱼不再有力气，缓慢地向上浮去，而汤姆与梅尔也都已经精疲力竭。二人都面色苍白，脸上的惊慌与害怕还未褪尽，便游回海洋猎犬。

两人回到船上，摘下面罩，金姆比看到两人疲惫的面孔惊讶地问道："你们怎么啦？"

汤姆只说了句："哎呀！"

休息过后，汤姆与梅尔再次潜入水中，这一次他们很幸运，不到二十分钟他们便看到一只小海豚。

"我们能把它引到海洋猎犬所在的方向吗？"梅尔询问道。

"试一下吧！"汤姆答道。

这个长着圆形鼻子的生物与大多数的海豚一样，友好而又顽皮，但由于太过顽皮，汤姆决定试图让它追赶他们，但是经过一番努力之后，海豚不但没有追赶他们，反而是迅速地"触碰"汤姆和梅尔，然后就游走了，显然是在期待两个人反过来去追赶它。

"我放弃了！"梅尔不耐烦地喘息道。

汤姆笑着浮出水面，按照预先设定好的信号挥了几下手，最后金姆比发现了他，然后把海洋猎犬开了过来。

汤姆向上推了下面罩，喊道："我们需要一张网！"

两个人游过来后，金姆比抛下一张尼龙网，里面还有几条鱼。他们把食物当诱饵试图把海豚引到船边，但是就在他们以为自己已经成功地把海豚引过来时，海豚却游走了。

"它刚才一定是在嘲笑我们！"梅尔愤怒地说道。

最后，看到海豚终于禁不住诱惑吃了点用来当诱饵的鱼之后，两个人成功地套住了海豚。汤姆爬上海洋猎犬的甲板，帮助金姆比一起将海豚拉上来。海豚发出"嘎嘎"的叫声，像是在抱怨什么，海豚通过舱口，被放置在水箱里，一会儿，水箱中注满了海水。

海洋猎犬一到费林岛，汤姆就给在企业集团的乔·温克勒打电话，让他立即前往基地。

在给乔看过海豚之后，汤姆问道："朋友，你能帮我看着海豚并把它驯服吗？"

第十八章 海豚"笑脸"

汤姆在前往F群岛期间,他把费林岛实验室外面的水箱刚刚换成一个巨型的玻璃嵌板水箱。

"那我就把它当成朋友相处。"乔说道。

这只海豚忧郁的看着乔,这个老人的心立刻被这个奇怪的生物所触动。令他欣喜的是,这只海豚由于乔的友好很快也变得温顺起来。第二天早上,海豚与乔一起互相追赶,或者说是乔在给海豚抓背。这个厨师给它取了个名字,叫"笑脸"。

乔告诉汤姆说:"这是一种海牛,你应该以跟牛说话的口吻来跟笑脸说话!"汤姆笑了笑,尽量控制自己不要告诉乔他所说的"海牛"其实是海豚。

与此同时,汤姆还要忙于他的试验。通过在水箱中放置扩音器的方法,他准确记录了海豚的"声音"。他把梅尔·弗拉格勒作为研究对象,还记录了潜水员在使用离子推进器时所发出的噪音。

接下来就是将两种不同的声音进行对比,汤姆使用他的声呐质量分析器的相关性计算器筛选出两种声音的不同之处。

"嗯,你已经知道笑脸的声音与梅尔声音的区别了,那你接下来打算怎么做?"乔在示波器的频率计上看到闪现出锯齿状线后,说道。

"我会将海豚的声音与潜水员的噪声输出,一同注入声呐中去,从而使潜水员的声音听起来更像海豚的声音。"汤姆说道。

"那我必须要听听！"乔大声说道。

汤姆一直兴奋地工作到第二天，直到完成了他的新发明"海豚声呐"。他利用微电子零件，神奇地缩小所有部件的尺寸。

接下来汤姆便开始给自己裁剪出一套全新的潜水服，面罩、离子推进器以及各种水肺装置都被制成塑料材质，而且没有任何电线或者电子管露在外面。

星期一的早上，汤姆准备好使用他的全套装备。装有显示屏的声呐仪被固定在汤姆的前臂上，另一台小型装置则被紧紧系在他的手腕内部，指尖能碰到四个活塞。

"那个到底是什么？"乔问道。

"简易控制器，一台用来进行呼吸调整，一台用来控制密度装置，一台是离子推进器的'油门'，最后一台是用来控制声呐脉冲，也就是用来模仿海豚声音的。"汤姆解释道。

这套装置在水箱的测试中很成功。乔通过水下扩音器能清楚地听见汤姆在水下游来游去的声音，他对此感到很讶异。

"太厉害了！根本分辨不出你和笑脸声音的不同！"他说道。

汤姆浮出水箱之后，这个胖胖的厨师便卷起裤腿，大摇大摆地向水箱边的金属梯子走去，只见他吹了声口哨把海豚叫过来，然后便骑在海豚的背上。

第十八章 海豚"笑脸"

"你觉得你在以水下勘探与研究的名义做什么?"汤姆喘着气说道。

"我要让你见识一下什么才是真正的水上驯兽技能。"乔自夸道。

笑脸起初很温顺地在水中滑行,只见乔的帽子在空气中飘动,他如同竞技表演明星般尖叫着,但事实上他在利用其娴熟的技能紧紧地抓着海豚光滑的鱼鳍。

但是,突然间,海豚开始左右摆动并且加速前进,就像一只鳗鱼一样。乔的脸上露出惊慌的表情,一会儿海豚便潜入水中,只听见这个厨师发出一声恐怖的尖叫声:"救命啊!"

一阵狂笑过后,汤姆立即潜入水中去救他。然后说道:"朋友,看来它现在还不是很听你的话啊!"

"应该还没有。"

汤姆已经解决了所有的技术问题,他马上投入到前往南大西洋寻找丢失的木星探测导弹的准备工作中。

除了已经配备好抗声呐与反探测设备的海洋猎犬和另一架潜水海上直升机外,汤姆还要来了一艘大型载货喷气潜艇,使其装有相同设备并随他一同前往。

随后,汤姆列出了进行导弹搜寻工作时所需要的物资与水下搜寻装置的清单,然后打电话给十二个不同的部门下达命令。准备物品有食物、太空植物药片、额外的衣物、工具,一台微型原子能地球挖掘机、抓升钩。

第十八章 海豚"笑脸"

"我最好再带一个达蒙镜，据海军部队报道，普通的盖革计数器至今还没有显示出任何信息。"汤姆反思道。

汤姆的达蒙镜是他早期的一个发明，是一个利用荧光原理的摄影装置。达蒙镜拥有能感知所有放射现象形式的能力，当然导弹从曝光到发射宇宙射线的过程将会变得很"热"。

与此同时，汤姆还下令将他装有四个活塞控制装置的新型水下呼吸套装和海豚声呐空运回企业集团。亚弗·汉森承诺会带领一批技术人员昼夜赶制出几件成品来。

第二天下午，汤姆回到基地与他爸爸进行商讨，斯威夫特先生对他的这次探险计划表示赞同。

"或许我们应该现在联系沃尔特上将，确定一下海军部队离开导弹搜索区域的时间，以便你接管搜寻工作。"他的爸爸说道。

汤姆同意了，于是他爸爸便拨打了W城的长途电话。一会儿，沃尔特上将接听电话。斯威夫特先生简要地与他交谈一下，然后就把电话递给汤姆，汤姆向海军上将描述了他对于导弹搜寻的准备工作，于是关于具体的操作与交流信息的时间表便立即确定了下来。

海军上将听到巴德·巴克利已经前往导弹搜寻区域的消息后，感到很吃惊。"我们的船只还没有收到关于他的任何消息！"突然沃尔特上将的声音停顿了一下，说道，"汤姆，请等一下！我们现在接收到一个编码呼叫！"

待他重新回来与斯威夫特父子二人通话时，他用严肃的声音说道："是来自你朋友巴德·巴克利的信息。"沃尔特上将继续说道："貌似敌人已经先我们一步找到导弹了！"

"哦，不会吧！"汤姆抱怨道。

第十九章　深海光亮

汤姆被突如其来的消息所震惊，说道："有没有可能信息是错误的？"

"你自己判断一下。"沃尔特上将回答道。他把信息内容给汤姆读了一遍：

刚刚见到敌人的船挖出金属物体。

汤姆把信息向他爸爸重复了一遍。父子二人都沉默了一会，沮丧地看了看彼此，然后斯威夫特先生镇定地开口说道："儿子，不到游戏结束，永远不知道谁输谁赢。"

"爸爸，没错！"汤姆转身继续接听电话说，"海军上将，我不会放弃，我一回到基地就马上起程！"

汤姆匆忙与爸爸告别之后，又打电话与妈妈、桑迪还有菲利斯告别，随后便冲出屋子。他飞速来到亚弗·汉森的工厂，得知新型水肺潜水服已装载到一辆小卡车上，并运往机场。汤姆乘飞机回到费林岛之后，收到爸爸发来的无线讯息。

"巴德又发来一条消息，他说C国人挖的物体并不是导弹。

似乎是埋在泥沙中的废旧船体船头的金属部分！"

汤姆高兴地说道："爸爸，太好啦！我们时来运转啦！"

火箭基地里，汤姆安排了三艘远征船。亚弗·汉森担任一架海上直升机的机长，梅尔·弗拉格勒负责一艘喷气式潜水艇，而金姆比·考克斯、乔还有其他四位船员则陪同汤姆留在海洋猎犬上。

由于每艘船上都安装了防识别声呐系统，因为汤姆知道他们之间有可能失去联系，特别是他们的声呐分析器出现故障的时候。因此，他谨慎策划了他们前往南大西洋的航线，并下令检查每个船体的位置，要每半个小时切断一次反探测装置的电路。

"传达命令给所有船只。"他命令道。

正当汤姆准备离开基地总部时，他接到哈伦·艾姆斯从肖普顿打来的电话："不好了，汤姆，迪米特里·米罗夫越狱了！"

"天啊！怎么回事？"汤姆沮丧地叹息道。

哈伦说这个C国人使用一种粗制武器击倒了监狱的看守人员，然后穿上守卫的衣服把自己伪装成狱警，就这样趁没人发现他，偷偷溜走了。

"他逃出去之后，附近一定有人接应他，因为他没有留下任何关于去向的线索。警察已经布下搜索网，但是貌似没有什么进展。"

第十九章 深海光亮

"他可能以最快的速度逃离我们国家了。"汤姆推测,"无论如何,哈伦,这不能阻止我们的计划。"

傍晚时分,三支小舰队在向南出发。汤姆与金姆比轮流掌舵,两个小时一换班。困意来袭时,船员们便在时机允许时倒在各自床上休息一下,乔美味的食物帮助缓解着无聊的气氛。

到达导弹搜寻区域时已经是第二天了。汤姆把海洋猎犬开回到水面,逆转桨距,然后加大转子涡轮机的油门,准备进行空中侦察飞行,喷气式潜水艇与另一艘海上直升机则停在水中。

"天啊,头儿,这是大洋,对吗?"乔惊叹道。

"的确很大。"汤姆同意地微笑道,"大面积水域正等着我们去搜寻。"

"没有发现海军部队。"金姆比说。

汤姆点了点头说:"他们已经按时撤离了。"

"那些C国的坏蛋呢?"乔说道。

"这是关键!我们在进行勘探的同时,应该随时警惕敌人的雷达信号。"汤姆俯冲下去与另两艘船集合。

与其把时间浪费在联系巴德上,汤姆决定不如让巴德发现海洋猎犬。于是他关闭了反探测系统,并下令所有船只潜入水下。汤姆的船开始搜寻工作后,亚弗的海上直升机与梅尔的喷气潜艇保持队形,为汤姆的船护航。

现在导弹搜寻工作终于拉开帷幕。汤姆设计了一个集中搜寻模式，重点搜索特遣队计算机算出的大致位置。汤姆检测过自动导航仪显示的具体位置，打开达蒙镜控制海洋猎犬，使其以一个盘旋的航线缓慢行驶。

达蒙镜安装在船体上的一个水密隔层内，其摄像机镜头指向海底。它的自动洗片功能可以捕捉到任何光体，红灯显示的是领航员船舱内的动态。

几分钟过去了，海洋猎犬小心缓慢地沿着灰绿色的阴暗前行，随行在其两侧的姊妹船只与其保持100米的距离，他们在距离水底大约2米的深度进行移动。

"七点钟方向出现一个光点！"声呐操控员突然大声喊道，"正朝着我们的方向移动。"

汤姆把操控船的工作交给金姆比，飞奔到声呐仪处，立即观察。"我有预感是巴德。"他告诉其他人。

一个明显的喷气潜艇轮廓隐约地出现在大家的视野内后，证明了汤姆的猜想是正确的。汤姆暂时打开了搜索波束，这样透过船舱的窗户就能看到巴德正在挥手示意。然后一束刺眼的黄光熄灭了，只见巴德的喷气式潜水艇滑行过去，占领了海洋猎犬前面的搜寻位置。

时间一个小时一个小时过去，突然正前方的黑暗之中闪现出一道亮光。

第十九章 深海光亮

"是巴德发出的信号!"金姆比惊呼道。

汤姆表情严肃地点了点头,说道:"他遇到麻烦了,可能是敌人的潜水艇。"船舱内一片寂静,汤姆急忙开启抗声呐系统的电路。

这时,控制面板上立即闪现红灯,汤姆大声喊道:"达蒙镜!我们发现木星探测器啦!"

汤姆立即中断喷气控制开关,又马上打开反向喷流迫使船停下来。然后他把船的操控任务交给金姆比,自己换上水肺潜水服。

"天啊!你要干什么?"乔激动地问。

"出去搜寻导弹,这是我们此行的目的。"汤姆镇定地说。

"头儿,你疯了吗?发现巴德的潜艇对你不利怎么办?那可能是米罗夫的同伙!"

汤姆不顾他的劝阻,吃下一片太空植物药片后,又带上一个水下手电筒。

"机长,带上手电筒会更加危险吧?"一个船员不安地问道。

"如果被敌人发现的话,我希望他们会以为是一条灯笼鱼或者是海洋垂钓者。"汤姆解释道。然后他的另一只手拿起一支三个尖端的叉子,便从密封舱中出去了。

汤姆回到海洋猎犬刚刚经过的地方,开始在泥沙之中挖掘。

很快,他感觉到叉子碰到了坚硬的物体。

"一个障碍物!"汤姆激动地想。

他继续向深处挖去,平整光滑的轮廓和依旧有光泽的金属表面一点点出现在汤姆的眼前。"找到了!"汤姆的眼神里闪现出胜利的光芒,心也扑通扑通激动地跳着。

毋庸置疑,汤姆已经发现了导弹的前锥体,也就是重新进入地球大气层的前尾的部分。

与此同时,巴德则在继续监视敌人的潜艇,在看到从汤姆船所在方向的密封舱溜出来一个可疑的人影之后,巴德也戴上水肺跟了过去。

"他手里拿的是什么?"巴德好奇地想。

突然他知道了答案,是一个自动推进的水下手榴弹!巴德惊惶地向前冲去,用他最快的速度去拦截那个潜水者。

但是已经为时已晚!只见手榴弹径直朝着汤姆·斯威夫特飞了过去!

第二十章　幸运的爆炸

汤姆从耳机里听到手榴弹靠近发出的"嘶嘶"声，他马上看向手腕上的声呐仪。

屏幕上有一个小光点正在移动！

汤姆原地打转了一会儿，然后加速离子推进器。他躲过手榴弹飞来的路径，但手榴弹一闪而过的时候还是擦伤了汤姆。

几秒钟后，手榴弹便沉到水底，震耳欲聋的爆炸声回响在水底，泥沙掀起的烟雾使原本就阴暗的水变得漆黑一片。

汤姆失去平衡，无助的他被冲击波击倒。待水波逐渐减弱后，汤姆恢复平衡，按下离子推进器的控制阀门。只听见一阵断断续续的"嘎嘎"声！顿时，汤姆心头激起一阵恐慌，但是喷气发动机却平稳地启动了。

"呦！如果有什么东西袭击我时至少我还能快速逃跑！"汤姆松了口气，心想。

他不顾危险，紧握着手电筒和叉子，冲击波把他冲到了距离被埋导弹所在地很远的地方，所以汤姆开始试图进行重新定位。

但是很快汤姆就意识到他所有的努力都是徒劳,他必须等到泥沙沉淀、水变得清晰可见之后,才能回到导弹所在地,现在汤姆担心的是爆炸可能再次把导弹的前锥体给埋起来。

突然他又开始担心起另一件事来。爆炸会不会摧毁导弹内有价值的信息呢?他开始寻找回到海洋猎犬的路。

此时的汤姆还不知道,就在短短50米的地方,巴德正在与他的对手进行痛苦的搏斗。两个潜水员都抓住彼此,像章鱼打架一般。在这样的环境中决斗,他们的行动十分受限,就像手上抹了油一样。

只见这个C国人从腰带中拔出一把刀。巴德从高中开始便是一个经验丰富的摔跤选手,于是他试图从他的背后把对手的刀弄掉,然后反击,给对手一个惩罚性的柔道擒拿!只听到这个C国人发出痛苦的尖叫声,刀也掉了下来。

"现在你就跟我走吧!"巴德喃喃自语道。他加速喷气流,迫使他的敌人与他一起向海洋猎犬方向前进。

一会儿,他们便来到海上直升机船舱的窗口,随后来到密封舱口,巴德试图敲门进入,舱口很快便被打开,把两个人拉了进去。

汤姆一见到巴德便紧紧地抱住了他,说道:"嗨!巴德,你个大章鱼,这是谁?"

"他就是向你发射手榴弹的卑鄙小人!"

第二十章 幸运的爆炸

这个人身穿蛙人服装,脸的下方还戴着一个面罩。从这个男人的眼神里能看出他充满憎恨的目光,汤姆命令他摘掉面罩。这个人不情愿地遵从了命令。

汤姆惊讶道:"迪米特里·米罗夫!"这个名字令船上所有的A国人都为之一振。

"很好,我真是太高兴了!"乔说道,然后就高兴地笑了起来。

在大家蔑视目光的注视下,这个C国人的双眼闪烁、双肩下垂,一副战败的样子,喃喃道:"有什么用?我又失败了。我的生涯就此结束,就像我哥哥一样。"

汤姆抓住这个机会,说道:"既然这样,或许现在你想说点什么了。"

米罗夫耸了耸肩说道:"你想知道什么?"

汤姆问了他一些问题,他承认他的团队是由C国的反叛海军和火箭工程师组成,其目的是干扰木星探测导弹的返航,还试图从中获取数据为己所用。

他们主要的特工就是那个曾在电话里伪装自己是李斯特·莫里斯,还策划绑架汤姆的人,这个人还在饭店把哈伦夹克里的腕表给偷走了。

越狱之后,米罗夫拿到了腕表,并把它放到蛙人潜水服的袖子里面,他突然间骄傲地把腕表拿了出来,傻笑了一下。

"我那天晚上潜入到斯威夫特企业集团内部,而且还偷了一架飞机。"米罗夫夸口道。

汤姆惊讶地问道:"你是怎么做到的?"

"非常简单,我在上晚班的时间搭了一个你们可信的工人的便车,并向他出示了腕表,证明自己就是斯威夫特的员工,我用同样办法也把门卫骗了过去。"

汤姆若有所思地点了点头,说道:"他们奉命寻找一名试图蒙混逃跑的人,一看到你跟一个员工坐在同一辆车里,根本就没有怀疑你。"

米罗夫换上一身干净的衣服后,他的双手被绑在身后。在海水恢复清澈后,汤姆与巴德再次潜入水中。他们首先来到巴德的喷气式潜水艇确认船员的安危,却得知神秘的潜水艇已经消失不见了。

"真是可惜啊!他们可能根本就没想到你已经找到导弹了!"巴德欣喜地大声喊道。

"是曾经找到才对。"汤姆苦笑道,"显然导弹又被埋进泥沙里了。但是至少我们知道了准确的地点。"

他们从喷气潜艇中出来后直奔导弹所在地,在经过海洋猎犬的船尾后,汤姆在他潜水服的扩音器中发出一声尖叫。

"巴德!在这里!"

两个人都加速向前冲去,汤姆打开手电筒照亮这枚对他们来说如同珍宝的导弹。他们发现爆炸不但没有把导弹埋得更深,反而把导弹的前锥体以及其他隐藏的部分都给炸出来了!

第二十章　幸运的爆炸

"太好了，天助我也！"巴德大喊道。

两个人回到海洋猎犬宣布这个好消息。金姆比与另两个船员戴上水肺，一人被派去通知其他船只，另外二人，汤姆要求他们在水下看守导弹所在位置。

二十分钟过后，海洋猎犬回到水面。汤姆升起天线，给爸爸发信息，他爸爸得知一切后喜出望外，而斯威夫特先生也有好消息要告诉汤姆，那就是叛军的关键人物和莱恩·昂格尔已经被调查局逮捕。汤姆又打电话给沃尔特上将。

"汤姆，这个消息简直太棒了！"海军上将惊呼道，"我立即派海军舰队去你那里，而我登机后也会马上赶到！"

就在汤姆等待特遣队赶来时，他把自己的想法变成了一项待完成的新发明，但是他不能预料又会有怎样的事情发生在"三栖原子能车"上。

几个小时过后，特遣队终于到达导弹所在地，开始进行导弹复原工作。导弹被与船相连接的缆绳吊出水面，然后被小心翼翼地拉到船上。汤姆亲自监管提取导弹内的秘密数据的工作。

"汤姆·斯威夫特，你又立了大功，我们整个国家都为你感到骄傲！"沃尔特上将离开前对汤姆说道。

汤姆准备从梯子的一侧下来时，笑着说道："先生，我想知道在木星上的生活是什么样的，因为总有一天我会亲自去木星的！"